좋은 곳에서 만나요

좋은 곳에서 만나요

이유리 연작소설

안온

꼭 다시 만나요.

좋은 곳에서.

오리배

이 많은 갈매기는 도대체 무얼 먹고 사는 걸까.

오랫동안 지켜보았으나 알아내지 못했다. 물론 행락객들이 떠나며 버리고 가는 음식물들이 있으니 비위가 좋다면야 치킨이니 피자니 취향껏 골라 먹을 수도 있겠으나 그건 대개 길고양이들이 먼저 차지하곤 했다. 그것들을 노리다 고양이에게 목을 물리는 녀석들을 몇 번 보았다. 그렇다면 물고기일까. 뭍 가까운 곳, 쓰레기가 동동 떠다니는 이곳에야 없겠지만 강 가운데쯤에는 먹을 만한 물고기가 살고 있을지도 모른다. 하지만 물고기 사냥에 성공하는 갈매기는 한 번도 보지 못했다. 유람선에 탄 이들이 던져주는 새우깡이나 어린애들이 엎지르고 간 녹은 아이스크림 같은 걸 조금씩 먹는 것만으로 생을 유지할 수 있을까.

그런 것을 궁금해하며 기다렸다. 한강 오리배 선착장에서.

하고많은 곳 중 하필 여기서 지박령이 된 이유야 당연히 있다. 나는 엄마와 희재를 기다리고 있다. 그들이 오리배를 타러 오기를. 물론 둘 다 오리배를 타기에는 좀 애매한 나이이니 기다리는 일은 허사일 수도 있겠으나 사실 그렇지 않다는 것을 나는 알고 있다. 작년에도, 재작년에도 오지 않았지만 그건 나이 때문이 아니다. 기다리면 언젠가 분명히 두 사람은 온다. 그렇게 확신하며 오늘도 나는 이곳에 있다. 둥실둥실, 물결에 흔들리는 오리배의 머리 위에 동그마니 올라앉아서.

살아 있을 적에 오리배를 꽤나 자주 타긴 했으나, 죽어서 머무르게 된 곳이 하필 여기라는 사실은 곱씹으면 조금 씁쓸하다. 모두가 행복한 얼굴로 사랑하는 이를 데리고 오는 이곳에 홀로 우울한 덩어리가 되어 영영 머물러야 한다니, 이건 거의 저주에 가깝지 않은가. 그래, 생전의 내게 혹사당한 오리배의 저주가 틀림없다, 생각하며 배 앞에 붙은 멍청한 새대가리를 노려본 적도 있으나 아무렴 그런 게 있을 리가 있나. 오리배는 그저 오리배, 끙끙 페달을 밟는 두 사람을 태우고 부표 줄로 구획 지어진 네모난 물 위를 돌아다니는 플라스틱 모형일 뿐이고 사실 뜯어보면 오리도 아니다. 백조인지 고니인지 아무튼 오리는 아닌 게 분명한데 오리배라는 이름이 붙어 있는 것부터 불쾌하기 짝이 없다.

하지만 나와 나의 가족들은 이것을 좋아했었다.

엄마가 처음 오리배를 탄 것은 나의 엄마가 아니었을 때, 그러니까 내가 아직 세상에 존재하지 않았던 시절의 일이다. 은행원으로 일하던 엄마와 그 은행을 주거래은행으로 하는 회사에 다니던 남자, 즉 미래의 내 아버지가 처음으로 데이트를 한 곳이 바로 여기였다. 어찌어찌 데이트 신청을 하기는 했는데, 무엇을 해야 좋을지 도통 알 수가 없어 일단 남들 다 간다는 한강 고수부지를 걷고 있자니 마침 오리배 선착장이 나타났다나. 빨대 꽂은 커피를 하나씩 사 들고 올라탔는데 이것이 생각보다 녹록지가 않았다. 산들산들 부는 바람 따라 나붓나붓 흔들리는 유람일 줄 알았는데 막상 타고 보니 엄청나게 열심히 페달을 밟아야만 앞으로 나아갈 수 있었던 것이다. 체면을 구기기 싫었던 아버지는 와이셔츠 겨드랑이가 다 젖도록 페달을 밟았고 어머니는 안절부절못하며 핸드백에서 손수건을 꺼내 아버지의 이마를 닦았다. 그렇지 않아도 며칠 전부터 이날만 바라보며 긴장을 했던 데다 원래부터 키만 훌쩍 큰 약골이라 회사에선 북어라는 별명으로 불렸다던 아버지는 그날 결국 몸살이 나고야 말았다. 엄마가 간호를 핑계로 앓아누운 아버지의 자취방에 뻔질나게 찾아갔음은 물론이다. 그러다 그들은 자연스레 살림을 합치게 되었고 이왕 살림을 합친 김에 인생도 합치기로 하여 최종적으로 나, 신지영이 태어났다. 그러므로 나의 탄생을 오리배가 조금 거들어주었달까. 아무리 생각해도 생전의 아버지는 와병이라는 핑계가 없는 이상 여자를 자취방에 들일 배짱은 먹고 죽으려도 없는 사람이었고 반면 엄마는 매사 끈기가 없고 쉽게 질리는 인물이니까. 몇 번 더 만났을지야 모르지만 결국 이렇다 할 진도는 나가지 못하고 흐지부지, 그대로 헤어졌을 게 분명하다.

어쩌면 그러는 편이 더 좋았을지도 모르겠다.

아버지는 잘생겼지만 수줍고 연약한 귀공자 타입이어서, 괄괄하지만 명랑한 엄마나 매사 시니컬한 어린애였던 나와는 그다지 좋은 조합이 아니었으나 우리는 비교적 잘 지냈던 것으로 기억한다. 자잘하게 다투기야 자주 다투었지만 큰소리가 나는 일도, 냉전이 오래가는 일도 없었다.

그것은 아버지만의 독특한 문제 해결 방식이 엄마에게 잘 먹혀들어간 덕분일 것이다. 일단 불화의 씨앗이 우리 집 거실에 떨어져 싹을 틔울라치면 아버지는 그것을 기민하게 눈치채고 우리를 한강에 데려갔다. 아버지의 오래된 세단 트렁크에는 항상 4인용 원터치 텐트와 접이식 직물 의자가 들어 있었다. 한강 둔치에 도착하면 우리는 그것을 펼치고 두드려 제 꼴을 갖춘 뒤, 거기에 앉아서 흐르는 강과 강 너머에 펼쳐진 도시와 다리, 그런 것들을 오래 바라보았다. 아름다운 풍경 속에서 우리의 마음이 한껏 너그럽고 여유로워지도록. 그러다가 문득 툭, 말하는 것이었다. 회사에서 정리해고 대상이 됐어, 우리 돈 빌려 간 경식이가 연락이 안 돼, 같은 것을. 그 뒤에는 경악한 엄마가 평화롭고 따스한 한강의 공기 속에 마음껏 질문과 원망을 쏟아내도록 내버려두는 것이 아버지의 방식이었다. 제풀에 지쳐 입을 다물고 씩씩거리며 다만 노려볼 수밖에 없을 때까지, 잘생긴 옆얼굴만 신중하게 보여주면서.

그 뒤엔 다 같이 오리배를 탔다.

앞서 들은 이야기 때문에 엄마는 주로 화가 나 있거나 생각에 잠겨 있었으므로 신이 난 것은 나뿐이었다. 아버지는 바닥만 바라보고 죽어라 페달을 밟았다. 마치 그것으로 뭔가를 보상하거나 증명할 수 있다고 믿는 사람처럼. 덕분에 우리의 오리배는 다른 오리배들보다 월등히 빨랐고 제법 속도가 나서 둥실둥실 재미있었다. 물론 어려서부터 눈치가 빨랬던 내가 둘 사이의 무거운 분위기를 읽지 못한 것은 아니었지만, 그 순간 나의 역할은 그저 나들이에 신이 난 철없는 딸아이라는 것 역시 알고 있었기에 열심히 연기했다. 그러다 오리배에서 내리면 녹초가 된 아버지에게 엄마가 얼린 보리차 병 따위를 건네주곤 했고 그것으로 모든 것이 종결되었음을 우리 모두 알았다.

정리해고를 당한 뒤 빈들빈들 백수로 지냈어도, 퇴직금을 쪼개어 빌려 간 친구가 도망쳐 뭉칫돈을 날렸어도 내게는 그럭저럭 괜찮은 아버지였다. 항상 안방 침대를 차지하고 모로 누워 텔레비전을 보고 있었으므로 인간보다는 차라리 식물, 식물 중에서도 이끼나 뭐 그런 선태식물류에 가까운 정도로 무해하고 조용했다. 보다 못한 엄마가 새벽에는 녹즙 배달을, 오후에는 학습지 교사를 시작한 뒤부터 원래 그러려고 했다는 듯 자연스럽게 집안일을 도맡아 했다. 학교에서 돌아와서 보면 아버지는 늘어난 러닝셔츠 차림으로 싱크대 앞에 허리를 굽힌 채 무언가를 닦거나 썰고 있었다. 나는 나대로 바쁘게 자라느라 집구석에 물건처럼 놓인 아버지에게 신경 쓸 겨를이 없었다. 소리를 지르거나 술에 취하거나 부지런히 살림을 들어먹는 또래 아버지들과 달리, 나의 아버지는 항상 젠틀했고 원하는 것이라고는 적은 양의 음식과 텔레비전뿐이었으니 오히려 더 낫다고 생각한 적도 있었다.

물론 엄마의 생각은 달랐다. 안 그래도 붙임성이 좋고 싹싹한 나의 엄마는 녹즙 배달을 시작하면서부터 거의 온 동네 아줌마들을 다 아는 게 아닌가 싶을 정도로 발이 넓어졌고, 저녁에 집에 돌아오면 새로 사귄 친구들과 통화를 하며 실컷 아버지 욕을 하곤 했으니까. 그래도 지영이 아빠 잘생겼잖아, 하고 누군가가 아버지를 변호할라치면 엄마는 더욱 신이 나서 목소리를 높였다. 잘생기면 뭐해, 얼굴 뜯어먹고 살 거야? 누가 사 간다면 돈이라도 받고 팔지. 왜, 자기가 데려갈래? 아님 그 집 아저씨랑 바꿀래? 그러면 전화통 너머 상대방은 웃느라 자지러졌고 나도 피식 웃었지만 동시에 반쯤 열린 안방 문을 힐끔거리지 않을 수 없었다. 불도 켜지 않아 컴컴한 안방에서 흘러나오던 텔레비전의 푸르스름한 빛. 들어가보지 않아도 알 수 있었다, 그 빛을 쬐고 있는 아버지의 표정 없는 얼굴을.

엄마가 동네에 녹즙 대리점을 개업한 건 내가 초등학교 6학년이 되던 해였다. 원체 영업 수완이 좋았으므로 장사가 꽤 잘되었으나 엄마는 그만큼 바빠졌다. 주민센터나 대형 마트 같은 곳으로 부지런히 영업을 다녔고 팩우유나 일회용 용기에 포장된 샐러드 따위를 함께 배달하기도 했다. 너무 바쁜 탓에 집에 들어오지 못하고 사무실에서 쪽잠을 자고 오는 날도 있었다. 엄마의 그런 일정을 아버지에게 전달하는 건 주로 나였다. 어차피 각방을 쓴 지 오래되었으니 엄마가 집에 들어오지 않아도 크게 달라지는 것은 없었지만, 그럴 때마다 나는 왠지 모르게 눈치를 보곤 했다. 정작 아버지는 심상한 얼굴로 그러니, 하고 말았을 뿐이었지만.

그러던 어느 날이었다. 평소처럼 학교에서 돌아오니 식탁 위에 아버지가 차려놓은 밥이 있었다. 소고기뭇국과 김치볶음으로 아침에도 먹었던 것이었다. 마침 배가 고팠으므로 반쯤 열린 안방 문에다 대고 잘 먹겠습니다, 외친 뒤 모두 먹었다. 그 뒤로는 아마 컴퓨터게임을 했던 것으로 기억한다. 평소 내가 돌아오면 꼭 내다보던 아버지였으나 그날은 조용했고 텔레비전 소리만 새어 나오고 있었기에 잠들었나, 생각했다. 그대로 실컷 게임을 하다가 등 뒤에서 현관문 열리는 소리를 듣고서야 벌써 해가 저물었다는 것을 알았다. 퇴근하고 돌아온 엄마가 신발을 벗으며 저녁은 먹었느냐고 물었고 그제야 아니, 대답하며 안방의 기척을 살폈다. 이 양반이 애 밥도 안 주고 뭐 해, 자? 소리친 엄마가 안방 문을 밀었고 그러는 것을 아주 오랜만에 본다는 생각을 했던 기억이 난다.

아버지는 죽어 있었다.

그러므로 이렇게 되고 나서는, 그러니까 나도 죽고 나서는 조금 기대했다. 혹시나 나처럼 귀신이 된 아버지를 만날 수 있지 않을까 하고. 물론 만나기는커녕 아버지가 귀신이 되었는지 아니면 영영 사라졌는지조차 나는 모른다. 다만 나 역시 죽기 직전의 모습, 온몸이 깨지고 부서진 몰골을 하고 있으므로 만약 아버지도 귀신이 되었다면 아마도 그럴 테지, 짐작할 따름이다. 옷장 속에서 뭘 찾는 사람처럼 무릎을 꿇고 얼굴은 옷 더미에 파묻은 채 허리띠로 목을 감고 매달린 그 모양으로. 한동안은 그런 생각을 하며 다른 귀신을 부러 찾아다닌 적도 있었다. 아직까지 아무도 만나지는 못했지만.

그러나 사실 어쩌다 아버지를 만나더라도, 틀림없이 그
것은 아름답고 눈물겨운 부녀 상봉의 장면은 아닐 것이다.

그것도 모두, 모두까지는 아니어도 최소한 절반 이상은
오리배 때문이라고 나는 생각하고 있다.

엄마가 갑자기 오리배를 타러 가자고 한 것은 아버지의
장례가 끝나고 서너 달쯤 지났을 무렵이었다. 아버지가 죽
은 이후로 엄마는 이전보다 사무실에서 훨씬 많은 시간
을 보냈고 집에 들어오지 않는 날도 늘어났다. 하긴 나라
도 이 집에 들어오고 싶진 않을 것 같았지만 그럼 나는, 나
한테 너무 무관심한 거 아닌가 싶어 말없이 부루퉁해 있던
참이었다. 주말에 시간을 내겠다며 너 오리배 좋아하잖아,
하고 짐짓 생색내는 듯한 말투로 제안해 오기에 그러든가,
하고 퉁명스레 대꾸했다. 내 나이가 몇 갠데 아직도 오리
배 타령이람, 말만 그렇게 하고 주말쯤 되면 잊겠거니 생각
했는데 진짜로 아침부터 나를 깨워 준비를 서둘렀다. 마침
날씨도 적당했고 딱히 할 일도 없었으므로 가볍게 따라나
섰다.

오리배 선착장에 도착하여 각자 익숙하게 구명조끼를 입고 줄지어 대기한 오리배에 다가갔을 때까지는 괜찮았다. 안내 요원이 자연스럽게 엄마를 왼쪽 의자, 그러니까 페달이 달린 쪽에 앉히는 것을 보고서야 합, 숨을 들이쉬었다가 망연해졌다. 재촉하는 대로 오른쪽 의자에 앉긴 했으나 당연히 생각하지 않을 수 없었다, 이전에 페달을 밟았던 사람에 대해서. 그러고 보니 아버지, 예전에는 오리배 타러 가자고 잘만 말했으면서. 무엇 때문에 죽음을 택했는지야 알 수 없으나 이번에도 그렇게 할 수는 없었던 걸까. 많이 수척하고 나이 들었으나 아직도 오뚝한 콧날을 옆얼굴로 보여주면서 나 요새 죽고 싶다, 같은 말을 던져라도 보지. 죽을 용기와 힘이 있었다면 차라리 그걸로 오리배 페달을 꾸역꾸역 밟아볼 일이지. 그런 생각으로 코끝이 벌게지려는 참에 엄마가 페달을 밟기 시작했다. 끽끽 소리를 내며 오리배가 기우뚱거렸다. 이내 앞으로 조금씩 움직이기 시작했다. 한번 움직이기 시작하고 나서부터는 금세 속도가 붙어, 우리는 순식간에 강 가운데로 나아갔다. 이거 별로 힘들지도 않구만. 엄마가 나지막하게 중얼거렸다. 나는 고개를 반대로 돌리고 못 들은 척, 물에 동동 뜬 갈매기들을 구경하는 척했다. 엄마는 우리가 원래 하던 대로 부표줄 가장자리를 따라 오리배를 몰았다. 그렇게 반 바퀴를 거의 돌아 선착장에서 꽤 멀어졌을 무렵이었다. 엄마가 갑자기 페달 밟기를 멈추고는 물었다.

"너 아빠가 그립니."

이유는 모르겠으나 생각하지도 않고 아니라고 대답했다. 믿을 거라곤 생각하지 않았는데 엄마는 생각보다 훨씬 복잡한 얼굴을 하고 나를 빤히 바라보았다.

"네 아빠가 왜 죽었는지 아니."

알 리가 없었다. 나는 바짝 긴장한 채로 고개만 저었다.

"기억나니, 네가 어릴 때 네 아빠가 회사에서 정리해고당했던 거. 그거 정리해고가 아니라 제 발로 그만둔 거였어."

엄마가 아예 페달에서 발을 떼어놓자 배가 둥실둥실 좌우로 흔들렸다. 엄마와 내가 꼭 가느다란 실에 매달아놓은 장식품 속에 들어 있는 것 같았다.

"여상 졸업하고 갓 입사한 어린애랑 꽤 오랫동안 몰래 만났대. 그러다 여자애가 임신을 하니까 이 양반, 완전히 겁에 질려버린 거야. 회사 관두고 퇴직금이라도 받아서 줄 테니까 제발 우리 와이프한테만은 말하지 말라고 빌었대.

이미 회사에서 소문이 짜했으니 더 다닐 낯짝도 없었겠
지."

"엄마는…… 어떻게 알았는데? 언제 알았어?"

"꽤 됐어. 마트에서 장을 보는데 경식 씨네 부부를 딱 마
주친 거야. 왜 아빠 퇴직금 빌려 가고 잠수 탄 사람, 기억나
지? 보자마자 너 죽고 나 살자고 덤벼드니 그쪽에서 아이
고 지영 엄마, 내가 다 말할게 하지 않겠니. 경식 씨한테 말
을 맞춰둔 모양이더라고."

까악, 깍 하고 갈매기가 길게 울며 오리배 위로 날아갔
다. 엄마는 나를 가만히 바라보고 있었다. 지금 한 이야기
를 후회하는 기색은 없었으나 그렇다고 속 시원해 보이지
도 않는 담담한 얼굴이었다.

"아빠도 엄마가 안다는 걸 알았어?"

"알았지. 내가 가만있을 사람이니. 마침 너 걸스카우트
수련회 가고 없을 때라, 마음껏 소리 지르고 두들겨 팼지."

잠깐, 걸스카우트 수련회라면 내가 4학년 때의 일, 그러
니까 2년도 더 전의 일이었다. 그 긴 시간을 모른 척 아무
일 없던 척하고 살아온 것이며 그걸 내가 전혀 눈치채지
못했다는 사실도 기가 막혔으나, 그보다는 왜 지금 와서

그게 스스로 목숨을 끊을 이유가 됐다는 것인지 알 수 없었다. 그러나 그걸 묻는 대신 나는 입을 다물었다. 엄마 역시 한동안 내 어깨 뒤편, 오리배에 뚫린 창문 너머를 보며 말이 없었다. 배가 조금씩 기울었다 바로 섰다 하며 바람이 미는 대로 떠밀렸다. 넘실넘실 거무스름한 강물이 뱃전에 찰랑이고 있었다. 다음 순간, 엄마가 내 얼굴을 바라보았을 때 나는 엄마에게 더 하고 싶은 말이 아직 남아 있음을, 그리고 그 말이 앞서 한 이야기보다 훨씬 중요한 것이라는 사실을 알아차렸다.

"네 아빠 죽기 며칠 전에, 새벽에 자는 날 깨우더니 말하더라. 사실 그때 그 여자가 아기를 낳았대. 집도 절도 없어서 회사 관두고 혼자 애 낳고선 진짜 어렵게 살다가, 그러다 저수지에 차째로 뛰어들었대. 그래서 애 혼자 남았다고. 지영이 너보다 세 살이나 어린 애가 혼자."

"아니 잠깐만."

나는 무슨 말이 이어질지 그제야 눈치채고 엄마의 말을 막았다. 그러나 엄마는 아랑곳없이 이야기를 계속했다.

"지금까지 그 여자한테 돈도 조금씩 보내주고 애를 만나기도 했던 모양이야. 애가 지 엄마 죽었다고 자기 좀 도

와달라고 문자를 보냈대. 그 애가 고아원에 가게 생겼는데 어쩌냐고, 너무 불쌍하다고 우는 거야. 뭔 소릴 하려는지 알 것 같길래 먼저 딱 잘랐지, 양심도 없냐고. 한 번만 더 그딴 소리 지껄이면 정말 그땐 콱 죽여버린다고. 그랬더니 정말로."

엄마는 그다음은 너도 알지, 하는 표정으로 나를 바라보았다.

"나중에 유서를 찾았어. 미안하고 면목 없어서 먼저 간다고. 그래도 애한텐 죄가 없으니 그 불쌍한 천애고아를 좀 챙겨달라고."

입을 벌렸으나 뭐라고 말해야 할지 몰라 그대로 벌리고만 있던 참에 쿵, 하는 소리가 났고 배가 출렁출렁 흔들렸다. 돌아보니 뒤에서 다가온 다른 오리배가 우리 배를 들이받은 채 바짝 붙어 있었다. 난감한 얼굴을 한 젊은 커플이 타고 있었다. 그들은 연신 죄송하다고 외치며 배를 돌리려고 애썼으나 잘 되지 않았다. 나는 핸들을 이리저리 꺾어보고 있는 남자를 멍하니 바라보았다. 엄마가 오리배 밖으로 다리를 뻗어 그들의 배를 걷어차듯 힘껏 밀어주었다.

"거기 너랑 내 얘기는 하나도 없었어. 믿어지니, 그게?"

엄마가 밀어준 덕분에 커플이 탄 오리배는 방향을 틀었다. 커플이 웃으며 목례를 하곤 기우뚱기우뚱 멀어져갔다. 저들은 오랫동안 이 일을 즐겁게 이야기할 것이다, 그런 생각이 들었다.

"네 아빠는 처음부터 끝까지 비겁한 사람이었어."

엄마가 말했다. 입속에서 오래 씹던 것을 기어이 삼키지 못하고 뱉어내는 듯한 말이었다. 미간이며 입가가 딱딱하게 굳어진 그 얼굴과 눈이 마주치고 나는 깨달았다. 엄마가 무엇을 어떻게 하기로 결정했는지를. 나는 아무 말도 하지 않았다. 끝까지 아무 말도 하지 않을 작정이었다. 집으로 돌아가고 싶었다. 그러나 육지는 멀리 있었고, 엄마는 페달을 밟을 생각이 없어 보였다. 어렸을 적 아버지가 오리배를 타자고 했던 이유가 혹시 이런 것이었을까, 언뜻 보기엔 화목하고 다정해 보이는 모습으로 모두를 작은 배에 가두어 뭍에서 멀어지게 하려고. 한쪽에 달린 페달은 자기 발밑에만 둔 채로, 어차피 우리는 같은 배를 탄 인간들임을 깨닫게 하려고.

만일 그렇다면 정말로 비겁하기 이를 데 없다.

그러고 보니 그렇다, 내가 이곳에 온 뒤, 아마도 작년이었던 것으로 기억하는데 재미있는 일이 하나 있었다. 그날 엄마가 밀어주었던 오리배, 그 배를 몰았던 남자를 이곳 오리배 선착장에서 다시 본 것이다. 잠깐 본 얼굴이었지만 혼자서 종종 되새겨보곤 하던 장면 속의 등장인물이었으므로 확실히 알아보았다. 그때 그 여자와는 분명 다른 여자를 데리고 와서 오리배를 탔다. 그새 힘이 붙었는지 이번에는 페달을 힘차게 밟아 슥슥 나아갔다. 나는 그들이 탄 오리배 목을 끌어안고 대롱대롱 매달려 따라갔다. 가라앉아라, 가라앉아라. 종잇장만큼의 힘도 없으면서 배를 아래로 아래로 내리눌렀다. 물론 아무 소용도 없어 그들은 주어진 만큼의 시간을 실컷 즐기고 적당히 피로해져서 웃으며 돌아갔다. 가라앉기는커녕 어디에도 부딪히지 않았다.

　이곳에 머무른 지는 오래되었으나 마음먹고 누군가에게 해코지를 하려 든 것은 그게 처음이었고 보기 좋게 실패했다. 그러니 아마 엄마와 희재가 온다고 해도 아무것도 할 수 없겠지. 해를 입히려는 생각은 아니었지만 막상 그럴 수조차 없다는 것을 알게 되고 나니 우울해져 한동안은 형체 없이, 불쾌한 느낌의 덩어리로 선착장 구석에 처박혀 있었다.

하지만 언젠가 둘은 꼭 올 것이다.

이제는 그들을 보기만 하면 그만이겠다. 왠지 이곳에서 둘을 보게 되면, 그러면 나의 귀신으로서의 생은 거기서 아름답게 종결될 것이라고 확신하고 있다. 왜 그런 결말로 정해진 것인지, 누가 정한 것인지는 알 수 없으나 그렇게 믿었다.

그러므로 그저 기다리고 있다.

희재가 처음 우리 집에 온 날을 기억한다.

집에까지 데려와 끼고 살아야 하느냐고 온갖 짜증을 부렸으나 이미 내가 어쩔 수 있는 일은 아니었다. 계절 물건을 쌓아두거나 가끔 포대를 펼치고 묵나물을 말리기도 했던 그늘진 작은방을 비우고 새로 도배를 했다. 침대와 책상을 들여놓으니 제법 괜찮은 방이 되었다. 그다지 비싸지 않은, 그러나 싸구려처럼 보이지는 않는 이부자리에 커튼 따위까지 갖춰놓은 그 주 주말이었다.

엄마가 데리러 가겠다고 했으나 희재는 끝까지 고집을 부렸다. 아파트 이름과 동호수만 알려주면 혼자 찾아올 수 있다면서. 한참 실랑이를 벌이다 결국 지고 말아, 동호수를 몇 번이고 일러준 끝에 전화를 끊은 엄마는 내게 의미심장한 눈짓을 보냈다. 어린애가 보통 꼬장꼬장한 게 아니네, 뭐 그런 뜻이었다.

그로부터 두 시간쯤 지나 정말로 초인종이 울렸다.

문을 열자 조그만 여자아이가 서 있었다. 창백하게 질린 얼굴로, 제 몸보다 훨씬 커 보이는 빨간색 패딩점퍼를 입고 있었던 것으로 기억한다. 어서 와라. 엄마가 어색하게 입을 뗐으나 희재는 문 너머에 선 채로 잠시 머뭇거렸다. 자기가 들어가도 되는 곳인지 모르겠다는 듯이. 그러더니 뱉은 첫마디가 이랬다.

"화장실 좀 쓸 수 있을까요."

내가 화장실을 가리켜 보이자 희재는 급히 운동화를 벗었다. 그러더니 손에 꼭 쥔 검은 비닐봉지를 들고 화장실로 달려갔다. 저게 뭐지, 보고만 있는데 희재가 변기에 대고 묶은 봉지를 풀었다. 시큼한 냄새가 물컥 올라왔다. 희재는 안에 든 것을 주르륵 쏟아버리고 꼼꼼하게 털어낸 후에 휴지를 뜯어 변기에 묻은 것을 닦았다. 빈 봉지를 깔끔하게 도로 묶어 휴지통에 넣고서야 머쓱한 얼굴로 돌아보았다.

"제가 버스만 타면 멀미를 해서."

솔직히 나는 이때 이미, 희재에게 압도되었던 것 같다.

엄마는 미리 저녁상을 차려놓고 있었다. 메뉴가 뭐였는
지는 기억나지 않지만 희재는 적지도, 많지도 않은 제 몫의
양을 먹었고 국을 맛본 뒤엔 아주 맛있다고 말했다. 다 먹
은 빈 그릇을 겹쳐 싱크대에 갖다 놓기도 했다.

엄마가 저녁상을 치우며 눈짓을 하기에 나는 희재를 소
파로 데려갔다. 켜져 있던 텔레비전의 채널을 이리저리 돌
리며 물었다.

"투니버스 봐?"

"응."

"나도 보는데."

잘됐다 싶어 투니버스를 틀었다. 남자애들이나 보는 로
봇 애니메이션이 나오고 있었지만 그냥 틀어두었다. 희재
는 똑바로 앉아 만화를 봤다. 편안해 보이진 않았으나 크
게 불편해 보이지도 않았다. 그러다 희재가 시선을 텔레비
전에 박은 채 말했다.

"뭐 줄까?"

"뭔데?"

희재가 멜빵바지 주머니에서 꺼낸 것은 손바닥만 한 다이어리였다. 투명한 분홍색 비닐로 씌워진 겉면에 〈슈가슈가룬〉 캐릭터가 그려져 있었다. 풍선껌에서 날 법한 달콤한 향기가 났다.

"내가 제일 아끼는 건데. 한 번도 안 쓴 거야."

희재가 말하며 다이어리를 내밀었다. 나는 어어, 하며 엉겁결에 그것을 받았다. 받은 김에 표지를 열고 매월 다른 그림이 그려진 속지까지 낱낱이 확인했으나 왠지 그걸 냉큼 갖는 것은 탐탁지 않았다.

"야, 이런 거 안 줘도 돼."

단호하게 말하며 돌려주었으나 희재는 받으려 하지 않았다.

"나 많아. 더 있어."

"나 이제 중학교 올라가는데 이런 거 안 써. 너 가져."

짐짓 의젓하게 말했으나 소용없었다.

"중학교 가면 짝이랑 여기다 교환일기 써. 나도 친구한테 그렇게 했는데 친해졌어."

무슨 비밀스러운 비법이라도 알려준다는 듯 희재는 눈을 동그랗게 떴다. 나는 다이어리를 손에 쥔 채로 망연해졌다. 희재의 친구. 물론 희재도 학교에 다녔으니 친구가 있었을 것이고 그 친구를 아마 앞으로 오랫동안 볼 수 없을 것이다. 친구뿐만 아니라 오늘 아침까지 함께 부대꼈던 대부분의 물건과 풍경 역시도. 거기에 생각이 미치자 좀 전까지 품었던 나쁜 기분이 조금씩 수그러지는 것 같았다.

"그래, 그럼 이거 나 가질게."

나는 다이어리를 내 옆에 놓았다. 희재의 얼굴이 밝아졌다.

"나 너 괴롭히거나 그러지 않아. 우리 엄마도. 그니까 여기서 편하게 살아."

나는 소파에 깊게 기대며 말했다. 그 말이 주는 어른스러움에 취해 스스로 감탄하느라 바빴으므로 거기에 대고 희재가 뭐라고 대답했는지는 기억나지 않으나 아마 고맙다는 식의 말을 했었을 것이다, 희재라면. 그리고 우리는 계속 텔레비전을 봤다. 엄마가 과일을 깎아 와 다 같이 먹었던 것 같기도 하다. 여느 저녁처럼.

그날 나는 잠자리에 누워 오랫동안 희재에 대해 생각했다. 싸가지 없는 애는 아닌 것 같다, 대강 그런 감상이었다. 젖살 오른 오동통한 볼이며 또랑또랑한 눈망울이 되새겨보면 좀 귀여운 얼굴인 것도 같았다. 잘생겼던 아버지를 닮은 걸까. 아니, 어쩌면 제 엄마를 닮은 걸지도 모른다. 그렇다면 희재의 엄마는 어떤 사람이었을까. 생각해보려 했으나 들어 아는 사실들 때문인지 아침 드라마에 나올 법한 표독스러운 내연녀 이미지만 자꾸 떠올랐다. 물론 배우였으므로 젊고 아름다운 그 여자와 평범한 녹즙 대리점 사장인 엄마를 상상 속에 나란히 세워놓고 보니 그림이 영 좋지 않았다. 기싸움으로야 우리 엄마도 꿀리진 않겠지만 글쎄, 비주얼적으로 이미 지고 시작하는 느낌이랄까.

희재도 혹시 우리 엄마를 보고 그런 생각을 했을까. 자기 엄마가 더 젊고 예쁘다고, 아버지가 왜 엄마를 버리고 저런 여자를 택했는지 모르겠다고. 그러자 베개 밑에서 주먹이 불끈 쥐어졌다. 희재의 머릿속이야 알 수 없지만 혹시라도 그런 생각을 했다면 머리카락을 다 쥐어뜯어놓을 것이다. 오늘은 첫날이라 살살 눈치를 보면서 착한 척을 한 것일지도 모르지, 하지만 내 날카로운 눈을 속일 순 없을걸. 엄마는 겉으론 야무진 척을 하지만 사실 좀 똑똑지 못한 편이므로 내가 정신을 바짝 차려야 할 것이다. 나는 근거 없는 전의를 불태우며 마음을 가다듬었다. 그러나 희재에 대해 생각하면 못된 꿍꿍이를 품거나 얄미운 표정을 짓고 있는 모습은 잘 그려지지 않았다. 고속버스에 혼자 앉아 아파트 이름과 동호수를 끊임없이 되뇌었을 희재, 새하얗게 질린 얼굴로 제 토사물이 든 비닐봉지를 쥐고 문밖에 서 있던 희재. 그 아이라면 설령 잠깐 나쁜 생각을 하더라도 금세 그것이 나쁘다는 것을 깨달을 것 같았다. 마음속에 옳은 것만 두려고 노력할 것 같았다. 고작 밥을 한 끼 먹고 텔레비전을 좀 같이 봤을 뿐인데, 뭘 봤고 뭘 안다고 이렇게까지 생각하는지 참 나도 마음이 물러서 큰일이라니까. 나는 천장을 바라보며 곰곰이 생각하다 잠들었다.

그리고 여느 날과 다름없이 악몽을 꾸었다.

안방에서 텔레비전 소리가 나기에 들어갔더니 아버지가 모로 누워 있었다. 나는 다가가서 아버지, 부르며 어깨를 잡았다. 아버지의 딱딱한 몸이 털썩 소리 내며 뒤집어졌다. 목에 감긴 기다란 끈이 펄럭이며 내 팔뚝을 감았다. 텔레비전에서는 기나긴 암보험 광고가 이어지고 있었다. 지금 바로 전화 주세요, 상담만 받으셔도 5만 원 상당의 선물을 드립니다. 아버지가 눈을 뜨고 물었다. 학교 잘 다녀왔니? 동굴 끝에서 다른 끝을 향해 외치는 것처럼, 목소리는 이리저리 부딪히고 굴절하여 깨진 채로 내 귀에 와닿았다. 나는 겁에 질려 뒷걸음질 쳤으나 팔을 감은 끈이 죄어들었다. 현대인 사망 원인 1위, 암! 매년 많은 이가 산더미 같은 병원비만 남기고 암으로 세상을 떠납니다. 끈을 풀어보려고 애쓰는 사이 아버지는 천천히 상체를 일으켜 침대에 등을 기대고 앉았다. 눈에 허여멀건 막 같은 것이 한 겹 덧씌워져 있었다. 지영아, 부르고는 뭐라고 더 말할 것처럼 입을 오물거렸으나 텔레비전 소리 때문에 들리지 않았다. 남은 가족들에게 이별의 아픔보다 더 부담스러운 것은 병원비! 이 많은 빚을 그대로 남기고 가실 건가요? 텔레비전 소리가 점점 커졌다. 더 이상 걱정하지 마세요! 묻지도 따지지도 않고 드립니다. 아니, 그건 텔레비전 소리가 아니라 아버지의 입에서 나오는 소리였다. 아버지의 입이 천천히 위아래로 들먹였다. 묻지도 따지지도 않고, 묻지도 따지지도 않고…….

다음 순간 나는 갑자기 엉덩이를 걷어차여 쫓겨나듯 꿈에서 깼다.

해가 뜨려는지 창밖이 어슴푸레하게 밝았다. 베개가 물에 넣었다 뺀 것처럼 축축하게 젖어 있었다. 온몸이 식은

땀에 젖어 숨을 헐떡이는데 옆에 뭔가 뜨뜻한 것이 있었다. 희재였다. 침대 귀퉁이에 희재가 웅크려 자고 있었다.

내가 깬 것을 알았는지 희재도 눈을 떴다. 잠시 동안 우리는 누운 채로 눈을 마주 보고 있었다. 나는 희재의 눈에서 잠기운이 서서히 사라지고, 대신 어떤 감정이 그 자리를 채우는 것을 보았다. 동정도 아니고 놀람도 아닌 묘한 그 눈빛에서 확신했다. 희재는 알고 있다, 내가 지금 무엇을 보고 왔는지. 그리고 그것이 희재에게도 보인다는 것을. 아직 몽롱한 정신으로 잠시 의아했으나 금세 깨달았다. 당연히 그럴 수밖에 없었다. 그 애 역시 나와 같은 일을 겪었으므로.

"자, 다시 자."

희재가 속삭였다. 아기를 어르는 듯한 말투였다. 그 말대로 나는 다시 눈을 감았다. 희재의 고른 숨소리가 들렸다. 팔뚝 어디쯤으로 희재가 내뿜는 콧김이 와닿았다. 부드럽다, 그런 생각을 하며 다시 잠들었다.

깨어나니 아침 10시가 훌쩍 넘은 시각이었다. 비척비척 거실로 나가 보니 엄마와 희재가 나란히 앉아 텔레비전을 보고 있었다. 넌 무슨 잠을 그렇게 오래 자니. 엄마가 타박

했고 희재는 나를 보고 미소 지었다. 어제도 있었고 그제도 있었던 아이처럼.

그렇게 희재와의 첫날 밤이 지났고 우리는 함께 살았다.

희재는 내가 졸업한 초등학교로 전학했고 나는 중학교에 올라갔으며 엄마는 녹즙 대리점을 계속했다. 엄마는 새로 만나는 고객들에게 딸이 둘 있다고, 나는 중학교 친구들에게 여동생이 있다고 말했으며 그게 이상하게 느껴지지 않았다. 물론 살다 보니 별것 아닌 걸 갖고 싸우는 일도 있었고 이년 저년 하며 소리친 뒤엔 한동안 냉담하게 굴기도 했으나 대개 며칠뿐이었다. 뭔가 맛있는 것이 생기거나 기쁜 일이 생기면, 그러니까 예를 들면 엄마가 퇴근길에 빵집에 들렀다거나 누군가 상장을 타 왔다거나 하면 모두 기분이 좋아져 슬그머니 웃으며 식탁에 둘러앉았고 그 뒤엔 다시 괜찮아졌다.

희재가 다니는 초등학교와 내가 다니는 중학교가 골목 하나를 사이에 두고 붙어 있어서, 학교를 먼저 마치는 희재는 종종 교문 앞에서 나를 기다렸다. 둘 다 휴대전화를 갖고 있었지만 희재 쪽에서 기다리고 있다는 문자를 보내오지는 않았으므로 하교할 때는 항상 교문 너머를 살펴보곤 했다. 없으면 섭섭했고 있으면 반가웠으나 왠지 먼저 인사하기가 민망해 코앞에 갈 때까지도 못 본 척, 희재가 나를 먼저 발견하도록 내버려두곤 했다. 나를 보면 얼굴이 확 밝아지며 언니! 외치던 희재. 떡볶이나 슬러시를 사며 희재 몫까지 돈을 내면 한없이 어른이 된 것만 같은 기분이었다.

물론 오리배도 함께 탔다.

희재가 수학경시대회에 나가 은상을 타 온 날, 엄마의 녹즙 대리점이 전국 최우수 매출 지점으로 뽑혔던 날, 내가 첫 생리를 했을 때에도 탔다. 대체 이게 뭐가 축하할 일이냐고 불퉁거렸으나 어쨌든 탔다. 생각해보면 놀이공원이며 아쿠아리움이며 가볼 만한 더 좋은 곳이 서울엔 차고 넘쳤으나 어쩐지 그런 곳은 내키지 않아서 그저 오리배를, 안전 요원이 우리 셋의 얼굴을 외워 또 오셨냐고 물을 만큼 탔다. 이제는 다리 힘이 그럭저럭 붙은 나와 엄마가 교대로 페달을 밟았다. 뭍에서 가장 먼 곳까지 직선으로 나아간 뒤 둥실둥실 흔들리고 있으면 습한 바람이 불어와 우리의 머리를 흩날리고 갔다. 매번 타는 오리배를 매번 즐거워하는 희재를 보면 언젠가 엄마와 여기서 희재가 우리 집에 오게 될 거라는 이야기를 했던 일이 까마득한 전생처럼 느껴졌다. 실제로는 몇 년 지나지 않은 일이었는데도. 그러나 그런 감상을 이야기하는 대신 우리는 다른 이야기를 했다. 최근에 관심이 가는 연예인, 다음 내용이 예측되지 않는 텔레비전 드라마, 학교 친구 누구와 누가 싸웠고 화해했고 사귀었고 헤어졌다는 이야기를. 누가 시키지도 않았건만 나는 즐겁고 무해한 이야깃거리를 신중하게 골랐다. 그렇게 웃고 떠들며 오리배를 타고 온 날에는 밤에 잠자리에 누워서도 눈을 감으면 둥실둥실, 아직 물 위에 떠 있는 것 같은 느낌이 들곤 했다. 중력이 나를 살짝 비켜가는 듯한, 동시에 뭔가 든든한 것이 나를 받치고 있는 기분에 저절로 잠이 왔다.

　평화롭고 무탈한 시간이 그렇게 흘러갔다.

　중학교 2학년이 되었을 무렵에는 되고 싶은 것도 생겼다. 조그만 카페 겸 레스토랑을 운영하는 것이었다. 나는 바리스타, 희재는 파티시에, 엄마는 셰프가 되어 경치 좋은 교외 어딘가에 조그맣고 예쁜 가게를 짓고 싶었다. 그런 이야기를 하자 〈꿈빛 파티시엘〉을 열심히 본 희재는 단박에 좋다고 했고 엄마는 피식 웃었다. 의사나 교사, 외교관 같은 친구들의 장래 희망에 비하면 소박했으나 소박하기에 어쩌면 이룰 수도 있겠다는 생각이 들어 좋았다.

그러나 그로부터 몇 달 뒤, 한여름의 어느 날에 나는 죽었다.

죽었으면 그대로 끝일 일이지, 왜 이런 뭔지도 모를 것으로 구차하게 남게 된 걸까.

이곳 오리배 선착장은 낮엔 대부분 행복한 이들이 즐거운 얼굴로 찾아와 시끌벅적하게 떠드는 곳, 그러므로 밤에는 훨씬 조용하고 쓸쓸했다. 밤에는 엄마와 희재가 올 일도 없었고 왠지 어두워지면 안 그래도 가벼운 몸이 더 가뿐하게 느껴지는 듯도 하여 이 시간에는 주로 한강 둔치를 돌아다녔다. 하루는 나무 그늘 아래 고양이가 죽어가는 것을 보았다. 무언가 잘못 먹은 듯 배가 부풀어 있었다. 동물도 귀신이 될까 하여 숨을 거두는 것을 지켜보았으나 마지막 숨을 끙 내쉬곤 고만이었다. 귀신이 된다면 데려가 키울 수도 있었을 텐데. 아쉬워서 입맛을 다시며 그곳을 떠났다. 주차장으로 가 차창에 얼굴을 붙이고 태블릿으로 영화를 보는 커플들을 빤히 구경하기도 했고 낮에는 여간해선 빈자리가 나지 않는 그네를 혼자 실컷 타기도 했다. 스스로 개발하고 찾아낸 이 모든 포인트를 전부 한 번씩 돌고 나면 어느새 오리배 선착장으로 돌아오게 되어 있었으므로, 마지막에는 선착장 끄트머리에 주저앉아 희끄무레하게 빛나는 덩어리가 되었다. 덩어리로서 생각했다.

아무래도 죽기 전에 무언가에 강하게 몰두하고 있으면, 영이 되어 그것에 홀리는 모양이다.

푹푹 찌는 더운 날이 계속되던 몇 년 전의 토요일 여름이었다. 엄마는 출근했고 희재는 친구의 생일파티에 간다고 아침부터 나간 참이라 조용한 집에 나 혼자 남았다. 낮잠을 실컷 자고 일어나니 영 좀이 쑤셨다. 컴퓨터게임을 하든지 텔레비전을 보든지 얌전히 집에 틀어박혀 있었으면 좋았을 것을, 죽을 줄도 모르고 바보같이 몸을 씻고 옷을 갈아입고선 밖으로 나왔다. 아버지의 납골당에 갈 생각이었다.

1년에 한 번 갈까 말까 했으나 내가 이곳에 혼자 가곤 했다는 사실을 아마 엄마도 희재도 모를 것이다. 그러므로 내가 어디에 가려다 죽었는지 아마 둘은 영원히 모르겠지. 아무튼 그랬다. 그렇게 죽었다. 서울과 경기도의 경계선 어디쯤에 있는 그곳에 평소에는 버스를 두 번 갈아타고 갔으나 그날은 날이 너무 덥고 습했다. 택시 호출 앱으로 검색하니 예상 택시비가 3만 몇천 원이 나오기에 좀 고민하다 택시를 불렀다. 마침 용돈을 받은 지 얼마 안 되기도 했고, 할인 쿠폰인지 뭔지가 있어서 절반 가까이 할인받을 수 있다는 알림 메시지에 혹한 거였다. 죽으려면 접시물에 코를 박고도 죽는다더니, 생전 타지도 않던 택시를 하필 왜 그날 탔을까.

살갗에 닭살이 돋을 만큼 에어컨이 빵빵 틀어진 택시 앞좌석에 앉았을 때까지만 해도 기분이 괜찮았다. 출발하고 10분도 안 되어 소나기가 쏟아지기 시작했을 때는 운이 좋다고까지 생각했다. 비가 오는 외곽순환도로를 타고 시원하게 달렸다. 아저씨라고 불러야 할지 할아버지라고 불러야 할지 애매해 보이는 얼굴로 시종일관 입을 꾹 다물고 있는 택시 기사님도 좋았고 택시 안에 흐르고 있던 오래된 팝송도 좋았다. 비가 갈수록 거세졌고 와이퍼가 왔다 갔다 할 때마다 시야가 흐려졌다, 깨끗해졌다 하는 것을 멍하니 바라보았다.

아마도 그때, 오리배를 생각하고 있었던 것 같다.

이렇게 비가 오는데 오리배는 잘 있을까. 강물이 불어나면 묶어놓은 오리배가 떠내려가지 않을까. 거센 빗줄기 사이로 줄지어 둥둥 떠가며 오리, 꽥꽥, 구호를 붙이면서. 사람 태우는 거 이제 지겹다고, 자유를 찾아가겠다고. 그 광경을 떠올리니 저절로 미소가 지어졌고 그러고 보니 마지막으로 다 함께 오리배를 탄 지도 꽤나 오래되었다, 하는 생각을 하며 뭔가 건수가 없을까 고민하게 되었다. 좋은 일이 없으려나. 막상 가자 하면 이제 진짜 그만 타자고, 지겨워 죽겠다고 투덜대면서도 왠지 한 계절에 한두 번씩은 타주지 않으면 섭섭하게 느껴진단 말이지. 곧 우리에게 예비된 좋은 일이 무엇이 있으려나 곰곰 생각하고 있었다. 각자의 생일은 아직 멀었고 방학 중이므로 상장을 타 오거나 시험을 잘 볼 일도 없었다. 그럼 무엇이 있을까. 무엇을 내밀고 오리배를 탈까나.

그래, 빗길에 차가 미끄러진 것은 그런 생각을 하던 도중이었다.

아무리 차가 없는 고속도로라지만 좀 과속하는 게 아닌가 싶은 느낌은 있었다. 그러나 운전에 대해서 전혀 모르는 나보다야 택시 운전이 직업인 이 사람이 훨씬 잘 알겠지 싶어 안심하고 있었고 다른 생각에 집중해 있었으므로 차가 부딪히기 직전에서야 사고를 깨달았다. 기사님이 어어, 소리 내는 순간 왼쪽 차로에 붙어 달리던 커다란 덤프트럭에 택시 앞머리가 들이박혔고 그 반동으로 완전히 접지력을 잃고 오른편으로 쭉 미끄러졌다.

기억하는 것은 거기까지, 그리고 뭔가 영원에 가깝도록 길게 느껴졌으나 사실은 찰나에 불과했을 시간이 지난 뒤 다시 눈을 떴을 때였다.

나는 도로 한편에 서 있었다. 눈에 보이는 모든 것이 총알처럼 쏟아지는 장대비를 맞고 있었다. 앞부분이 완전히 짜부라진 채 뒤집힌 택시 위로, 부서진 벽으로, 길섶의 풀들로 두꺼운 선을 그으며 떨어지던 빗방울. 깨진 차창으로 피투성이 팔 하나가 내밀어진 것이 보였고 보자마자 저것은 내 것, 하고 인식했다.

엄마, 나 죽었나 봐.

나도 모르게 중얼거리고는 그 자리에 쪼그려 앉았다. 멍하니 그것을 바라보며 그대로 비를 맞고 있었다. 춥지도, 젖지도 않으면서.

그 뒤로는 무슨 일이 있었냐 하면, 특별한 일은 없었다.

그저 그대로 거기에 앉아 사고가 수습되는 장면을 구경했다. 멀리서부터 사이렌 소리가 다가오더니 앰뷸런스와 레커차가 차례로 도착했다. 두 사람씩이 내려서는 장대비를 맞아가며 착착 일했다. 레커차 사람들이 택시를 뒤집자 앰뷸런스 사람들이 시신을 꺼냈고 레커차 사람들이 택시를 꽁무니에 연결하자 경찰관들이 도로에 흩어진 차의 잔해들을 치웠다. 택시를 몰았던 기사님의 몸은 차를 뒤집고 나서야 꺼낼 수 있었다. 최초의 충격은 왼쪽이었으나 더 심하게 부딪힌 것은 오른쪽이었는지 기사님의 몸은 내 것보다 멀쩡했다. 죽은 것인지 죽기 직전의 상태인지도 알 수 없었다. 죽었다면 나처럼 혼백이 되었을 텐데 근처에 없는 것을 보니 아직 죽지는 않았는지도 몰랐다. 일하는 이들도 그렇게 판단했는지 나보다 기사님을 먼저 들것에 올렸다. 나는 이미 찢어지고 터진 꼴이 딱 봐도 가망이 없어 보였으니까. 파란 방수포를 덮은 기사님의 몸이 앰뷸런스에 실리고 나자 다음은 내 차례였다. 남자 둘이서 빗물에 푹 젖어 볼썽사나워진 내 몸을 들것에 올려 뉘었다. 조심스럽긴 했으나 사람보다는 물건을 다루는 듯한 느낌의 동작이었다. 들것 손잡이 한쪽을 쥔 남자가 내 얼굴을 들여다보고 말했다. 아이고 너무 어린데. 반대쪽에 선 남자가 그 말을 받았다. 좋은 곳에 가라.

좋은 곳에 가라.

그들이 모두 떠나자 도로는 부서진 벽을 제외하면 아무런 일도 없었던 것처럼 깨끗해졌다. 빗발도 서서히 잦아들었고 서행하며 이쪽을 기웃거리던 차들도 다시 쌩쌩 달리기 시작했다. 나는 좀 전의 그 모양 그대로 오도카니 쪼그려 앉아 무엇인가 일어나기를 기다렸다. 검은 도포를 입고 갓을 쓴 것이 나타나 내 이름을 세 번 부른다든가, 천국과 지옥으로 통하는 거대한 문 앞에 서서 지난 생의 업보를 되짚으며 실랑이를 벌인다든지 하는 일들을. 그러나 아무 일도 일어나지 않았다.

밤낮이 몇 번이고 바뀔 때까지 그곳에 앉아 있다가 일어섰다. 마지막으로 들었던 좋은 곳에 가라, 하는 말을 곱씹으면서.

좋은 곳이란 어디일까, 아무도 나를 좋은 곳에 데려가기 위해 찾아오지 않았고 그것은 생전이나 사후에나 마찬가지구나. 그렇다면 내가 가는 수밖에. 발길이 닿는 대로 걷기 시작했고 물론 전혀 모르는 곳이었으나 왠지 이쪽이다 싶게, 이 길은 건너면 되고 이 길은 그저 따라가면 된다 하는 그런 느낌이 강하게 있었고 그대로 따르며 걸으니 어느 순간 이곳에 와 있었다. 아무도 없는 오리배 선착장에서 고요히 동동 뜬 오리배를 보며 깨달았다.

그렇다, 엄마와 희재가 언젠가는 여기에 온다.

그렇다면 기다리겠다, 결심했다.

내가 점칠 수 있는 좋은 일은 무엇이 있을까.

슬픈 날에는 그것을 생각했다.

두 사람의 생일은 이미 여러 번 지났으나 지금까지 한 번도 오지 않았으므로 생일 정도의 심상한 이벤트로 오리배를 탈 마음이 들지 않으리라는 것은 알았다. 그렇다면 일단 가장 가까운 것으로는, 아마도 희재의 수능 시험이 아닐까. 희재는 분명 수능을 잘 볼 것이 틀림없으니까. 똑똑하고 영민한 아이였으니 판검사 의사 변호사 같은 것을 목표 삼아 공부하고 있겠지. 좋은 대학에 철썩 붙어 엄마를 기쁘게 해주겠지. 그러면 아마 둘이 기쁜 얼굴로 오리배를 타러 올지도 모른다.

어느 한쪽이 다른 한쪽을 위로할 수 있을 때, 그럴 기운이 났을 때에야 그 기운에 힘입어 이곳에 함께 올 수 있을 것이다. 그러려면 일단 자기 자신을 일으켜 세울 수 있어야 할 것이고 그럴 만한 힘은 아마 엄마보다는 희재에게 있을 확률이 높다고 나는 생각했다. 엄마는 이미 너무 많은 것을 잃어버렸고 약해졌으나 희재는 아직 어리고 강하니까. 희재는 분명 나에게 주었던 것을 엄마에게도 줄 수 있을 것이다.

그러니까 희재에게 좋은 일이 많이 있기를.

산 사람에게 있어 죽음이란 타인에게 일어나는 일이지 온전히 자신의 것은 아니므로, 시간이 오래 지나면 언젠가는 그것을 버릴 수도 있게 된다는 걸 나는 배워 알고 있다.

그 뒤로 아주 오랜 시간이 흐르면서, 나는 점점 옅어지고 있었다. 그저 기분 탓인지 정말로 옅어지고 있는 것인지는 알 수 없는 노릇이었다. 누군가에게 내 몸을 보이며 나 옅어졌어? 물을 수도 없었고, 선착장 구명조끼 선반 옆에 놓인 거울로도 나는 보이지 않았으니까. 하지만 확실히 그랬다. 옅어지고 있다. 사라지고 있다고 볼 수도 있을까. 생각하고 추측하는 것 외에 달리 할 일이 없는 처지이므로 이

엷어짐에 대해 고민하다가, 혹시 이게 엄마랑 희재와 연관이 있는 일일까 생각했다. 그러니까 예를 들면 두 사람이 나를 잊어가고 있다는 증거일지도 모른다고. 아니면, 좀더 긍정적으로 생각하자면, 엄마와 희재가 곧 찾아올 거라는 징조일 수도 있다. 나는 그들을 만난 뒤 이곳에 붙박여 존재하는 목적을 이루고 사라질 준비를 하고 있는 것이다.

무엇이든지 좋았다.

엷어진다는 것은 천으로 치면 중간 아무 곳에서나 올이 한두 가닥씩 풀려 나가는 일이었고 그 틈새로 생각이나 기억들이 조금씩 새어 나가 없어지는 것이었다. 어느 날부터인가 날짜도 세지 않게 되어 오늘이 며칠인지, 무슨 요일인지도 모르고 시간을 그저 흘려보냈다. 한강 둔치의 나무들이 푸르러지면 여름이구나, 앙상해지면 겨울이로구나 할 뿐이었다. 이곳저곳 돌아다니고 싶은 마음도 더는 들지 않아 선착장 가장자리에 다리를 늘어뜨리고 앉아 머물렀다. 바람이 불면 부는 대로 일렁일렁 나부꼈고 눈이 오면 눈송이들이 나를 통과해 내려 쌓이도록 내버려두었다. 이제 엄마와 희재가 온다고 해도 알아볼 수 있을까. 자신은 없었지만 그래도 찾아오는 이들의 얼굴들은 유심히 들여다보려 애썼고 특히 나이와 체격이 비슷해 보이는 이들이 오면 몸이 아주 잠깐 선명해지며 정신이 또렷이 돌아오는 듯한 느낌이 들기도 했다. 그러나 그들은 물론 엄마와 희재가 아니었으므로 나는 다시 희미하고 엷은 모습으로 되돌아 왔다.

올까.

정말로 올까.

오지 않는다면.

한 번도 보지 못하고 이대로 사라지게 되는 걸까.

아무래도 좋다.

아무래도 좋다는 생각이 들자 정말로 아무래도 좋아졌고 그 '아무래도'라는 것은 또 구체적으로 무엇인지, 그것을 상실한 시점부터 나는 남아 있는 것인지 아닌 것인지조차 알 수 없는 상태가 되었다. 그런 상태로 시간을 보냈다. 그러다 아주 가끔씩은 사소하고 무의미한 무엇인가를 깊이 곱씹어 생각하기도 했다. 이를 테면 컵케이크 같은 것을. 한번은 어렸을 적, 학교에 다녀왔더니 아버지가 '달콤한 컵케이크 만들기'라는 것을 꺼내준 적이 있었다. 그것은 작은 컵라면 같은 둥근 종이 케이스였는데, 겉면에는 안에

든 가루들을 우유와 달걀에 개어 전자레인지에 돌리기만 하면 간단히 컵케이크가 만들어진다고 쓰여 있었다. 나와 아버지는 설명서를 읽어가며 반죽을 만들고 그 반죽을 부은 컵을 전자레인지에 집어넣었다. 그러고는 전자레인지 문에 얼굴을 바짝 갖다 대어 들여다보며 기다렸다. 과연 정말로 컵케이크가 될까. 반죽이 조금씩 부풀어 오르며 달콤한 초콜릿 냄새가 났다. 아버지가 코를 킁킁거리며 말했다. 정말로 '달콤한 컵케이크 만들기'네.

정말로 달콤한 컵케이크 만들기네.

낮밤이 몇 번은 바뀔 때까지, 의미도 목적도 없이 다만 그 말을 곱씹고 있었다. 완성된 컵케이크의 맛이 어땠는지, 그것을 어떻게 먹었는지는 기억나지 않고 다만 정말 신기하다는 듯이 중얼거렸던 아버지의 말만을. 정말로, 달콤한, 컵케이크, 만들기네. 그러다 보면 기억은 입속에서 굴리는 사탕처럼 점점 작아지고 납작해져 결국 어느 날 툭, 나를 빠져나갔고 나는 다시 아무것도 아닌 것으로 되돌아갔다.

아마도 초여름, 미지근한 강바람이 불기 시작하자 오리배를 타러 오는 사람들이 조금씩 늘어 선착장이 붐비는 계절이었다. 나는 항상 앉는 그 자리에 앉아 물 건너편을 멍하니 바라보고 있었다.

그때 별안간, 목 뒤쪽이 바짝 일어서는 듯한 느낌이 들었다.

왔다.

순식간에, 나는 또렷해졌다. 온 사방에 제멋대로 흐트러져 있던 몸의 일부들이 빛보다 빠른 속도로 돌아와 제자리를 찾으며 짜맞춰졌다. 온전해진 몸으로 벌떡 일어나 달려갔다. 살았을 적과 죽은 이후를 통틀어 가장 빠른 속도로 달렸고 강변에서 선착장으로 이어지는 짧은 다리 위에 도착했다. 거기 희재가, 정말로 희재가 서 있었다. 키가 두 뼘은 자랐고 머리 모양도 옷 스타일도 바뀌었지만 분명 희재였다. 희재는 다리 가운데 서서 선착장 안쪽을 빤히 들여다보고 있었다. 수없이 상상하고 되새겼던 바로 그 눈빛으로. 희재. 희재야. 나는 비틀거리며 희재에게 다가가 열심히 이름을 불렀다. 흐느적 나부끼는 손으로 희재의 머리를 쓰다듬고 볼을 만졌다가 다리에 감겼다가 하며 기쁨에 겨워 소리쳤다.

희재야, 드디어 와주었구나. 너무나 보고 싶었어.

여길 네가 왔구나. 기다렸어. 드디어 왔다 네가.

중간에 세는 것을 잊어버려 몇 년이나 흐른 것인지는 모르겠으나 희재는 젖살이 쏙 빠지고 키가 훌쩍 커져 어렸을 적의 모습은 거의 남아 있지 않았다. 길게 기른 갈색 머리를 하나로 묶고 긴 카디건을 걸친 희재는 이제 제법 어른처럼 보였다. 그래도 짙은 눈썹이나 코의 모양 같은 것은 그대로였다. 생각에 빠지면 눈썹을 찡그리고 미간에 깊은 주름을 만드는 버릇도 여전했다. 일자로 주름진 미간을 하고 희재는 뒤를 돌아보았다. 빨리 와, 희재가 재촉했다.

멀리서 천천히 걸어오는 사람을 보고 나는 또 한 번 미친 듯이 소리를 지르며 달려갔다. 엄마, 엄마였다. 엄마는 희재와는 정반대로 키도 몸집도 눈에 띄게 줄어들어 있었고 눈가의 잔주름이며 걷는 자세 등이 확실히 나이 든 사람의 그것이었다. 언제부터 썼는지 얇은 금테 안경도 쓰고 있었다. 하지만 희재보단 엄마가 내가 기억하는 모습에 가까웠고 그래서 가슴이 미어지도록 반가웠다. 걸어오는 엄마의 팔을 붙들고 엄마, 소리쳤다. 엄마 여길 어떻게 왔어, 정말로 왔구나, 나 정말 오래 기다렸어 여기서, 엄마, 엄마. 내 목소리를 들기라도 한 듯 엄마는 잠시 멈춰 섰다. 몇십 발짝 떨어진 곳에서 눈을 가늘게 뜨고 서서 희재와 희재의 어깨 너머 오리배 선착장 입구를 바라보았다. 희재가 다시 한번 손짓하며 빨리 와, 하고 불렀고 걸어가는 엄마를 따라 나도 걸었다. 우리가 같이 걷는다니, 나란히 선다니. 믿어지지 않았다.

선착장 안에는 사람들이 꽤 많았고 엄마와 희재는 익숙한 듯 그들을 헤치고 입장권을 샀다. 나는 두 사람 사이에 납작하게 끼어 붙어 끊임없이 말을 걸었다. 들리지 않을 것을 알고 있었고 들리지 않는데도 좋았다. 오늘 날씨 정말 좋지, 좋은 날에 딱 맞게 왔어. 이따가 맛있는 것도 사 먹을 거지? 요즘 사람들 여기서 치킨도 시켜 먹고 짜장면도 시켜 먹고 잘 놀더라. 아 세상에, 정말 너무너무 보고 싶었어. 와줘서 고마워. 건강해 보여 좋다. 좋아. 좋아. 둘은 익숙한 몸짓으로 구명조끼를 놓아둔 선반으로 다가갔다. 각자 조끼에 팔을 꿴 뒤에는 희재가 손을 뻗어 엄마 조끼의 버클을 제 것보다 먼저 채워주었다. 희재의 왼손 약지에 가느다란 금빛 반지가 끼워져 있었다. 남자친구가 생긴 걸까. 어쩌면 결혼을 했는지도 모른다. 지금 희재는 몇 살일까. 제법 어른스러운 차림을 하고 있지만 어린 시절의 모습을 기억하기 때문일까, 언뜻 보면 성숙한 아가씨 같았으나 어느 순간 다시 보면 학생처럼 보이기도 했다. 이럴 줄 알았다면 시간을 좀더 열심히 세고 있을걸, 후회하며 오리배가 줄지어 정박된 곳으로 걸어가는 그들을 졸졸 따라갔다.

이윽고 둘은 조심스럽게 오리배에 올라탔다. 희재가 왼쪽, 페달이 있는 자리에 앉고 엄마는 오른쪽에 앉았다. 나도 날름 올라타 뒷자리 좁은 공간에 몸을 구겨 넣었다. 두 사람이 앉은 것을 확인한 안전요원이 오리배 옆을 손바닥으로 툭 쳤다. 출발하라는 뜻이었다. 희재는 핸들을 양손으로 꼭 쥐고 의자에 엉덩이를 비비며 자세를 바로 하고는 간다, 하고 말했다. 곧이어 배가 기우뚱거리며 나아가기 시작했다.

희재와 엄마 가운데로 고개를 내밀었다. 넘실거리며 끝없이 흐르는 넓은 강 위로 초여름의 부드러운 햇살이 부서지고 있었다. 테두리를 둘러 띄워놓은 부표마다 갈매기들이 하나씩 앉아 몸을 부풀렸다. 이제 막 푸르러지기 시작한 강변의 나무들과 강 건너에 선 크고 작은 건물들, 멀리 다리 위를 지나는 차들까지 이미 수백수천 번을 본 풍경이지

만 특별하게 새롭고 아름다웠다. 저기 좀 봐, 멋있지. 나는
희재와 엄마를 번갈아 바라보며 나직이 말했다. 말하고 나
니 그제야 예전부터 이 말을 하고 싶었다는 생각이 들었다.
생전에는 한 번도 해본 적이 없는 말이었다.

이윽고 배가 부표줄 근처에 다다르자 희재는 페달 밟기
를 멈추었다. 우리가 항상 그랬듯이. 희재는 경치를 보려는
듯 시선을 먼 곳에 던지고 있었다. 희재의 미간에는 여전히
깊은 주름이 있었지만, 입가는 부드럽게 풀려 있었다. 멀리
서 강바람이 불어와 희재와 엄마의 머리를 휘날리고 갔다.
나는 두 사람의 머리카락이 들썩이며 바람을 머금었다가
천천히 내려앉는 모양을 가만히 지켜보았다. 물살에 흔들
리며 위아래로 조금씩 들썩이는 엄마의 몸은 편안하고 안
온한 자세를 하고 있었다. 익숙하고 오래된 전쟁터의 어느
한구석에서 잠시 쉬고 있는 군인처럼.

"여긴 언제 와도 좋구나."

엄마가 나직하게 중얼거렸다. 그 말을 듣고 알았다. 이들
이 뭔가 특별히 좋은 일이 있어서 그것을 기념하기 위해 온
것은 아니라는 사실을. 그저 때가 되어서, 다시 올 수 있을
때가 되어서 온 것이었고 두 사람 다 그때가 오기를 조용

히 기다려왔다는 것을.

그것이야말로 내가 마음 깊이 바라던 일이었다.

우리는 서로 아무 말도 하지 않고 그저 둥실둥실 흔들리며 먼 곳을 바라보았다. 가까운 곳에서 어린아이가 자지러지게 웃는 소리가 들려왔다. 저마다 가족과 연인을 태운 오리배들이 부드럽게 떠다니며 서로 부딪히고 비껴가고 있었다. 새하얀 오리배들 위로 햇볕이 부서졌다. 눈에 들어오는 세상 속 모든 것이 하얗게 빛나고 있었다. 나는 엄마와 희재 사이에 몸을 내밀고 그들이 보는 것을 함께 보았다. 멀리서부터 날아오는 갈매기들과 목덜미에 시원하게 와닿는 바람과 발치에 찰랑이는 강물, 그 위에 뿌려진 빛의 조각들을. 그랬다, 그 반짝이는 알갱이들만큼이나 많은 슬픈 일이 있었다. 하지만 그것을 가만히 바라보다 보면 알수 있었다. 이것들은 강물이 한 번 일렁이는 동안만큼만 빛날 뿐이라는 것을. 찰나의 순간이 지나면 빛들은 강 하류로 흘러가면서 거대한 물결에 합쳐져 사라질 것이다. 아무렇지도 않게 그다음 번의 빛을 그 표면에 받아들이며, 강이 흐르고 해가 빛나는 동안 영원히 계속.

아주 오래전, 엄마도 이것을 깨달았을까. 아버지가 열심히 페달을 밟는 동안에.

엄마가 핸드백을 열고 휴대전화를 꺼내 든 건 그때였다.

"사진이나 한 장 찍자."

카메라를 전면 모드로 바꾼 엄마가 휴대전화를 쥔 팔을 길게 뻗었다. 희재가 앗, 소리 내며 급히 머리를 매만져 정리했다. 두 사람은 곧 얼굴을 서로 바짝 붙였다. 어색하게 웃고 있는 두 개의 얼굴이 카메라 안으로 들어왔다. 웃어, 라고 말한 사람이 엄마인지 희재인지 알 수 없었다. 입꼬리만 올려 미소를 지은 둘의 얼굴 사이에 나도 얼굴을 들이밀었다. 전부는 아니지만 얼굴 반의반 정도는 화면에 집어넣을 수 있었고 물론 찍힌 사진에는 보이지 않았으나 그것으로 됐다고 생각했다.

정말로, 더할 나위 없다고.

진심으로 마음 깊이 그렇게 생각한 직후에, 손끝에서 파스스 하고 아주 낮은 전류가 흐르는 듯한 느낌이 있었다.

사라지는구나, 깨달았다.

그래도 괜찮았다.

좋은 곳에 가라.

이상하게도 마지막 순간에 떠오른 말은 그것이었다.

좋은 곳에 가라.

이제 돌아갈까, 말하며 희재가 다시 페달을 밟기 시작했다.

심야의 질주

이런 집에서 혼자 노년을 보낸다면 행복하겠다, 처음에는 그렇게 생각했었다.

강산의 집은 경기도 파주, 고급 단독주택이 서로의 프라이버시를 침범하지 않는 간격으로 지어진 동네에 있다. 집에는 크고 작은 방이 다섯 개에 지하 공간도 있고 옥상에는 테라스와 야외 월풀 욕조가 있다. 잔디 깔린 넓은 앞마당에는 단풍과 목련, 사철나무 울타리와 작은 돌 분수가 놓였다. 그야말로 은퇴한 영화배우에게 딱 어울리는 아름답고 고즈넉한 집이다.

그러나 이 집에서 강산은 밤마다 침대에 오줌을 싼다. 달 밝은 밤이면 그는 신음과 함께 눈을 뜨고 엉덩이 밑에 손을 집어넣는다. 그러고는 습기가 묻어난 자신의 손을 오랫동안 멍하니 내려다본다. 매일 겪는 일이건만 아직도 믿기지 않는다는 듯이. 한참을 그러다 비척비척 일어나 젖은 바지와 속옷을 침대 옆에 허물처럼 벗어둔다. 침구의 젖지 않은 부분에 몸을 꼬부리고 다시 잠을 청한다. 아직도 선이 굵고 눈썹이 진한 강산의 옆모습, 나는 침대 옆에 서서 강산이 잠드는 것을 지켜본다. 들리지 않겠지만 들리지 않을 것이므로 큰 소리로 말한다.

뭐 어쩌겠습니까, 다 그런 것이지요.

안녕히 주무세요.

살아 있을 적에는 강산의 영화를 좋아했다. 아니 사실 좋아했다는 표현은 어울리지 않는 듯하고 뭔가 그보다 더 크고 그럴싸한 말이 없을까. 강산이 출연한 무슨 영화든 간에 중간부터 뚝 잘라 틀어주어도 모든 대사를 그대로 따라 읊을 수 있을 정도였는데 그만큼의 마음을 그저 좋아했다고 표현하긴 부족하고 그렇다면 뭐라고 하면 좋을까. 생전이나 지금이나 강산 외에는 무엇을 그토록 좋아해본 적이 없으므로 내 안에는 그것을 말할 단어가 없구나, 그렇다면 그냥 좋아했다, 라고 해두자.

강산의 영화를 좋아했다.

개중 가장 좋아한 것은 물론 〈심야의 질주〉다. 오랫동안 택시를 몰아온 내가 강산이 택시 운전사 역할로 나오는 이 영화를 좋아하지 않을 수 있겠느냐마는, 그 점을 제하고 보더라도 이 영화는 강산의 출연작 중에서도 수작이다. 특히 유명한 그 장면, 그러니까 비 오는 양화대교를 질주하는 노란 택시와 입을 꾹 다문 강산의 옆얼굴이 교차하는 신은 언제 보아도 마음 한쪽이 찌르르해지면서 괜한 상상을 하게 되는 것이다. 출생의 비밀, 헤어진 지 오래되어 소식이 닿지 않는 옛 애인, 과거에 품었다 사그라진 꿈 같은 것들을. 내게는 그중 무엇도 없고 따라서 내 삶에는 재미도 의미도 딱히 없었으나 이 장면을 보고 있자면 뭐랄까, 도저히 말할 수 없는 사연 하나쯤은 간직한, 삶의 온갖 풍파를 다 겪어내고 초연해진 채 여기까지 다다른 그런 사내가 된 듯한 기분이랄까. 라디오에서는 애절한 색소폰 연주의 재즈가 흐르는 가운데 차 앞 유리로 빗물이 얼룩지며 긴 그림자를 던지고, 액셀을 밟는 강산의 발등에는 점점 힘이 실린다. 차가 속력을 내며 멀어진다, 두고 떠나는 것들로부터…….

비가 오는 날마다 나는 습관처럼 이 장면을 떠올리곤 했다. 물론 서울의 모든 도로는 거의 항상 정체 중이었고 비가 오면 더했으므로 새벽이 아니고서야 〈심야의 질주〉에서처럼 속도를 내어 달리는 일은 드물었으나, 빗물에 번진 앞차의 붉은 브레이크등을 온 얼굴에 스포트라이트처럼 받고 있을 때만큼은 나는 강산이었다. 끝없이 따라오는 과거를 따돌리며 야생마처럼 택시를 모는 잘생기고 과묵한 남자.

그날도 그랬고 그러다가 그만 사고가 났다. 혼자 죽었으면 차라리 다행일 것을 그러지도 못했다.

여느 날처럼 택시 앱으로 콜을 받았고 중학생쯤 되어 보이는 여자아이를 태웠다. 목적지는 경기도의 어느 지번 주소였다. 아이를 태우고 나서 내비게이션을 다시 찍어보니 납골당이 있는 건물이었다. 어린애 혼자 갈 만한 곳은 아닌 것 같았으나 더 묻지 않고 출발했다. 요즘 사람들은 택시 기사가 이것저것 말을 붙이는 것을 아주 싫어하니까. 가벼운 차림을 한 아이는 기분이 좋아 보였고 안전벨트를 매고 나서는 창밖을 보며 작게 노래를 흥얼거리기도 했다.

출발한 지 얼마 되지 않아 소나기가 쏟아지기 시작했다. 직전까지 맑았으므로 곧 그치려나 생각했는데 외곽순환도로를 탄 이후부터는 빗발이 점차 거세졌다. 마침 카오디오에서는 〈심야의 질주〉 삽입곡 중 하나가 흘러나오고 있었다. 앞이 뻥 뚫리자 나는 점차 속도를 높였다. 영화 속 강산처럼 입을 꾹 다물고서. 핸들에 전해지는 느낌이 평소와는 조금 다르다는 것을 감지했지만 크게 신경 쓰지 않았고 그것이 첫째 원인이었다. 핸들이 탁 풀린다는 느낌이 드는 순간 차가 쭉 미끄러지며 왼편의 덤프트럭을 들이받았다.

영화엔 이런 장면은 없었는데, 하고 생각한 것이 마지막이었다.

누구나 죽음의 찰나에는 주마등처럼 지나온 생의 장면들이 눈앞에 흘러간다고 들었으나 그런 것은 없었다. 원래 없는 것인지, 내 삶에는 딱히 돌이켜 재생할 만한 의미 있는 장면이 없기 때문인지는 알 수 없지만 어쨌든 없었다. 정신을 차려보니 아까 그곳, 비가 쏟아지는 도로 한편에 나는 서 있었다.

천천히, 하지만 확실하게 알 수 있었다.

나는 죽은 것이로구나.

반투명해진 손발이며 얼굴을 매만져보았다. 아무런 온기도 촉감도 느껴지지 않았다. 죽기 직전에 입고 있던 후

줄근한 옷가지에는 피 얼룩이 낭자했고 대강 손으로 쓰다듬어보니 머리며 얼굴이며 멀쩡한 구석 없이 고루고루 부서지고 으깨졌다는 것을 짐작할 수 있었다. 사지의 관절이 각기 다른 방향으로 비틀려 꼭 망가진 채 줄에 매달린 마리오네트 같은 온몸을 관통해 빗줄기가 거세게 쏟아지고 있었다. 그것을 가만히 바라보다 문득 끄응, 입술을 깨물며 나도 모르게 신음했다.

참으로 끔찍하구나.

끔찍하기로 따지자면 물론 몰골이 지지 않겠지만 정말로 끔찍하다 싶었던 것은 그게 아니었다. 내가 지금 무엇이 된 건지는 모르겠으나 어쨌든 움직이거나 생각할 수 있는 것으로 보아 적어도 지상에 존재하고 있는 것은 맞는 듯했고 그렇다면 이것이야말로 끔찍하지 않은가. 이 지루하고 무의미한 목숨이 죽어서도 끝나지 않았다니, 또다시 무엇인가로 존재해야 한다니.

가만, 그렇다면 생전의 나는 죽고 싶었던가.

그랬던 것도 같구먼, 생각하며 도로 한편으로 비켜섰다. 옆 차선으로 비상등을 켠 차들이 서행하며 줄지어 지나갔다. 저마다 하나같이 묘한 표정을 짓고선 조수석 쪽으로 창문을 반쯤 내려 이쪽을 쳐다보고 있었다. 저기 찌그러지고 구겨져 죽어 있는 것이 나였을 수도 있다는 두려움, 그러나 내가 아니라는 안도감이 섞인 얼굴. 나 역시 택시를 몰면서 사고 현장을 수도 없이 보았고 그러니 어느 땐가는 나도 저런 표정을 하고 누군가의 죽음을 지나쳤겠지, 그런 감상에 젖어들던 참에 갑자기 퍼뜩 스쳐 지나간 생각이 있었다. 아이, 내가 태우고 있던 아이는 어떻게 됐을까. 보닛 부분이 완전히 우그러진 차 쪽으로 급히 걸어갔고 자세히 살펴보기도 전에 알았다. 살아 있을 리가 없다는 것을. 그렇다면 이 아이도 나처럼 귀신이 되었을까. 다급히 주위를 둘러보았으나 아이로 보이는 것은 차창 밖으로 내밀어진 피투성이 팔 한쪽뿐, 혼령은 보이지 않았다. 그렇다면 아직 죽지 않은 걸까. 아니면 나보다 먼저 혼령이 되어 어딘가로 사라진 걸까.

생각해볼 겨를도 없이 나는 도망쳤다.

고개를 돌리고 일단 반대 방향으로 죽어라고 달렸다. 나의 삶은 볼품없고 지루하므로 여기서 끝나더라도 그다지 아쉬울 것이 없으나 아이는 아니었다. 나를 얼마나 원망할까, 아무리 사과해도 끊어진 목숨을 되돌려줄 수는 없는 노릇이겠으나 그래도 빌고 또 빌어야 옳았다. 저주든 원망이든 제대로 들어주고 원한다면 다시 한번 죽어서라도 용서를 구해야 했다. 그러나 나는 거기까지 생각하기도 전에 도망쳤다. 지치지 않는 이 혼령의 몸으로 한번 돌아보지도 않고 달렸다.

비겁하구나.

아주 멀리까지 달려오고 나서야 천천히 속도를 줄이며 생각했다.

그러자 죽기 직전 강산의 영화 속 한 장면을 상상하고 있던 일이 문득 부끄러웠다. 어린애를 죽여놓고는 고작 말뿐일 사과도 하지 못해 이다지도 전속력으로 도망치는 인간, 오직 싫고 곤란한 것을 피할 때에만 온 힘을 짜낼 수 있는 인간인 주제에 그런 멋진 것을 상상했구나. 나는 터벅터벅 걸으며 자꾸만 뒤를 돌아보았다. 당장이라도 뒤에서 기사님, 하고 부르는 여자아이의 목소리가 들릴 것만 같았다.

그런데 이제 어디로 가지.

발걸음은 점차 느려졌으나 가야 할 곳 없이 도로변을 마냥 걷는 기분은 어쩐지 낯설었다. 택시라는 것은 손님을 태운 이상 항상 목적지가 정해져 있었고 내가 생각해야 할 것은 그저 최대한 빠르게 그곳에 도착하는 경로뿐이었으므로. 손님도 없고 내비게이션도 없고 콜도 없이 이제 나는 어디로 가야 하나. 죽은 이후의 절차 같은 것은 없나. 어디로 갑자기 옮겨진다든가 누가 나타난다든가. 거기까지 생각하다 우뚝 멈춰 서고 말았다. 저승에서 누군가가 나를 데리러 온다면 당연히 내가 죽은 그곳으로 왔을 것이다. 어쩌면 아직 거기서 나를 찾고 있을지도 모른다. 부서진 차와 몸뚱이만 두고 대체 영혼은 어디로 간 것인지를 의아해하면서.

그렇다면, 나는 됐으니까 그 아이만 데리고 가시길.

이왕이면 좋은 곳으로.

나는 갈 자격이 없는 곳으로.

그 아이의 목적지가 납골당이었다는 것, 그런 것을 생각하며 계속 걸었다.

그러고 보니 내겐 생전에 꼭 하고 싶은 일이 있었다.

오래전 여의도 KBS홀 앞에서였다. 배우 강산이 우연히 내 택시에 탄 것이다. 늦은 밤 도로변에 서서 손을 흔드는 이를 별생각 없이 태웠는데 태우고 보니 그였다. 이게 꿈인가 생시인가, 어안이 벙벙해 있는데 강산이 물었다. 늦은 시간에 죄송하지만 혹시 경기도 파주 끝자락까지 갈 수 있겠습니까. 혹시 그가 마음이 바뀔까 두려워 얼른 차를 출발시키고 나서야 여부가 있겠습니까, 하고 공손히 대답했다. 강산이 일러주는 주소를 내비게이션에 입력하고 달렸다.

뭐라고 말해야 하나. 강산을 좋아했지만, 정말 좋아했지만 실제로 만날 수 있을 거라고 상상해본 적은 꿈에서도 없었기에 입이 떨어지지 않았다. 그저 룸미러로 뒷좌석에 앉은 강산을 열심히 훔쳐보았고 그러다 혹시 내가 쳐다보는 것을 알면 기분 나빠 할지 모른다는 생각이 들자 그마저도 꾹 참았다. 그러는데 강산이 고맙게도 먼저 말을 걸어주었다.

서울 택시인데, 이 시간에 경기도 가는 손님은 정말 밉겠어요. 내리라고 할 수도 없고.

괜찮습니다. 저야 돈 벌고 좋지요.

무심코 대답하고 나서야 괜히 돈 얘기를 했나 싶어 후회스러웠다. 더 좋은 대답이 있었을 텐데. 강산은 말없이 등받이에 깊게 기대앉아 가로등 불빛이 스쳐가는 차창 밖을 바라보고 있었다. 강산 정도의 배우라면 분명 매니저가 있지 않을까, 왜 이 시간에 택시를 타고 귀가하는 걸까. 묻고 싫었지만 그것도 실례일 것 같아 그만두었다. 그대로 20분 넘도록 아무 말없이 달렸고 잠들었나, 뒤를 흘끗 본 참에 룸미러 안에서 강산과 눈이 마주쳤다.

택시는 할 만합니까.

그럭저럭요. 이것밖에 할 줄 아는 게 없어서.

강산은 무어라 말하려는 듯 입을 열었다가 도로 다물었다. 그러고는 무슨 생각에 잠긴 듯 창밖만 멍하니 바라보았다. 뭐라고 말을 붙여볼까, 속으로 온갖 말을 궁굴리며 마른 입술로 침만 꿀꺽꿀꺽 삼키는 사이 차는 야속하리만치 텅 빈 도로를 매끄럽게 달렸다. 금세 파주에 접어들었고 잘 닦인 길 끝에 자리한 고급 주택 앞에 도착하고 말았다. 강산은 5만 원짜리 두 장을 두 손으로 건네며 공손히 말했다. 거스름돈은 괜찮습니다. 뭐라 더 말을 붙이기도 전에 차 문이 탁 닫혔다. 어쩔 수 있나, 그대로 빈 차를 털털거리며 서울로 돌아오곤 고만이었다.

그 뒤로도 계속 생각했다. 그날 무슨 말을 했으면 좋았을까. 그날을 떠올리며 오랫동안 속으로 말을 다듬었고 어느 정도 완성된 이후에는, 가끔 빈 택시로 달리고 있을 때 혼자 떠들어보는 일도 있었다.

손님 영화배우 강산 맞지요. 제가 당신 나온 영화를 다 봤습니다. 영화뿐인가요, 드라마며 텔레비전 광고까지 다 꿰고 있는걸요. 실은 당신에 대해서도 잘 압니다. 술은 전혀 못 하고 낚시를 좋아한다 들었습니다. 딸이 하나 있고 그 애 이름은 은주라지요.

그런데 그거 아십니까. 이렇게 말하면 당신은 불쾌할 수도 있겠습니다마는, 당신을 볼 때마다 나는 꼭 나 자신을 떠올리게 돼요. 아니 물론 나보다 잘생겼고 돈도 많고 능력도 좋고 나와 닮은 점은 하나도 없지만, 제 말은 그게 아니고. 당신은 매번 강하고 배짱 있는 사내 역할만 맡지 않습니까. 평생 한 번도 도망쳐본 적이 없을 것 같은 그런 남자들만요. 웃자고 하는 소리입니다마는, 내가 만약에 인생을 다시 한번 시작할 수 있다면 말입니다. 당신이 연기한 그런 사내들처럼 살아보고 싶어요. 가족을 돌보고 멋진 사랑도 해보고 의리 있는 친구들도 사귀고. 물론 영화 속 당신은 괴롭고 슬프고 힘들 때도 있지만 결국은 이겨내잖아요. 도망치지 않고 부딪치잖아요. 그래서 나는 당신 영화가 좋고 당신이 좋습니다. 저는 그런 사람이 못 되거든요. 죽었다 깨어나도 불가능하거든요.

실제로 얼굴을 보고 말할 수 있다면 좋았겠으나 나 같은 소심하고 지질한 인간이 어떻게. 아마 시간을 되돌려 그날로 돌아간다 한들 똑같이 입도 벙긋 못 하고 말겠지. 빈 택시에서 몇십 번을 중얼거리다 언젠가부터는 그것도 그만두고 말았다.

그러면 지금은 어떨까.

강산을 태워다 준 그날, 주소를 내비게이션에 저장해두고 그 후로도 가끔 열어보았던 터라 또렷이 기억하고 있었다. 경기도 파주시 ○○길 △△. 그 주소를 되뇌자 신기하게도 머릿속에 내비게이션이 켜진 듯, 내 몸은 빙그르 돌아 저절로 어느 한 방향을 향했다. 이전에 수백수천 번을 가본 곳을 또 가는 듯 가볍고 자신 있게 걸을 수 있었다. 여기부터 거기까지는 아주 멀다고 느껴졌으나 상관없었다. 어차피 이제부터는 남는 게 시간일 테니까.

그러나 강산의 모습은 내가 기대하고 바라던 것과는 완전히 딴판이었다. 강산의 집에 머문 지 한 달쯤 지나고서야 깨달았다. 강산이 배우를 그만둔 지 오래라는 것을.

강산은 정오가 넘어 일어났다. 일주일에 두 번, 아침 9시

면 청소와 빨래를 해주는 젊은 남녀가 다녀가곤 했는데 그
들이 새끼 공룡만 한 청소기로 온 집안을 헤집는 동안에도
강산은 잠에서 깨지 않았다. 그들도 익숙한 듯 비밀번호를
누르고 들어와 강산이 자고 있는 침실을 제외한 나머지 구
역을 청소했다. 마지막으로 마른반찬 몇 가지와 즉석밥, 레
토르트 찌개 따위를 찬장에 채워 넣은 그들이 돌아가고 나
서야 강산은 잠에서 깼다. 눈을 뜨고서도 한동안은 침대에
누운 채로 천장을 멍하니 바라보는 게 습관이었다. 그럴 때
강산은 잠을 잔 게 아니라 밤새 다른 곳을 헤매다 온 사람
같았다. 그러다 거실로 비척비척 걸어 나가 소파에 눕듯이
앉았다. 텔레비전을 틀고 이리저리 채널을 돌리긴 했으나
보는 것 같지는 않았다. 총기 없는 눈으로 날이 도로 저물
때까지 그렇게 앉아 있다가 다시 방으로 돌아가면 하루가
끝났다. 정원의 아름다운 나무들도, 지하실에 빼곡한 각종
운동기구도 강산의 관심 밖이었다. 그런 그의 하루를 지켜
보자니 되레 내 쪽에서 신물이 날 지경이었다. 어디가 아픈
것 같지도 않은데 왜 이럴까, 화려한 배우의 삶을 구경할
수 있으리라는 기대가 어그러진 것은 둘째치고 이 무기력
한 중늙은이가 내가 아는 강산이 맞는가 싶었다. 결국 어

느 날 아침, 눈곱이 달라붙은 눈을 반쯤 뜨고 천장을 응시하는 강산에게 참지 못하고 묻고야 말았다.

이보세요. 왜 이러고 계십니까.

강산은 눈을 끔벅거리며 그대로 누워 있었다.

당신 배우잖아요. 일어나서 영화를 찍어야지요.

혹시나 싶어 숨을 죽이고 기다렸으나 물론 대답은 돌아오지 않았다.

뭐가 그리 괴로우십니까.

당신 같은 사람에게도 괴로운 일이 있습니까.

아무것도 들리지도, 보이지도 않는 사람처럼 흐리멍텅한 얼굴을 천장으로 향한 강산 옆에 앉았다. 희고 검은 수염이 섞여 거칠거칠한 강산의 아래턱을 내려다보았다. 늙고 병든 사람의 턱이었다. 그 턱에 대고 나는 말했다.

지루하시다면, 제 얘기를 좀 해드릴까요.

나는 크흠, 하고 잠기지도 않은 목을 한번 가다듬었다. 눈을 가늘게 뜨고 텔레비전을 보는 강산 옆에 자세를 고쳐 앉았다.

그래, 당신에겐 이 얘기를 제일 먼저 하고 싶었어요. 제가 처음으로 도망쳤던 날의 이야기 말입니다.

선원이었던 아버지는 제가 뱃사람이 되길 바라셨어요. 그래서 이름도 해남, 바다 해에 사내 남, 해서 해남이라고 지어주었습니다만 저는 배 타기가 참 싫었어요. 배 타는 일이 얼마나 힘든지 아십니까. 한겨울 바닷물에 푹 젖어서 죽을 둥 살 둥 일해도 손에 쥐는 돈은 쥐꼬리만 하고, 목숨 내놓고 하는 일이라 사람들은 또 얼마나 거친지요. 근데 아마도 제가 열몇 살 때였죠, 아버지가 폭풍우 치는 날 바다에 나갔다가 그만 돌아가셨지 뭡니까. 어머니는 병들어 자리보전하고 누운 지 오래였고요. 장례식에 온 이들이 다 하나같이 저를 붙잡고 이제 이 집에선 네가 희망이다, 네가 어머니를 돌보고 집안을 일으켜야 한다고 당부하는데 아이고 어쩝니까. 눈앞이 딱 캄캄하더라고요. 그날 밤 부조금 통을 품에 안고 도망 나와 서울 가는 마지막 기차를 탔어요. 그 뒤로 어머니를 본 적이 없습니다. 아마 오래전에 돌아가셨겠지요.

아침 방송에 나온 걸 봤습니다. 당신은 아버지와 잘 지냈다지요. 아버지는 당신이 배우가 되는 걸 반대하셨지만 나중에는 응원해주셨다고요. 결국 같이 낚시도 다니고 개 산책도 시키고, 타계하시기 전까지 세상 둘도 없는 다정한 부자지간으로 지냈다고요. 그런 당신이 신기하고 부러웠습니다. 당신은 도망치지 않았잖아요. 하고 싶은 일을 찾아내서 밀고 나갔고 결국 해내서, 모두가 인정할 수밖에 없도록 만들었잖아요.

어떻게 그럴 수 있었습니까.

때로는 당신과 내가 같은 인간이라는 게 믿어지지 않아요.

나는 비 맞은 개처럼 푸흐흐, 고개를 털어대며 웃었다.

다섯 개의 방 중 강산이 침실로 사용하는 방을 제외한 네 개의 방은 사람이 다녀간 흔적이 거의 없었고 쓰임새도 불분명했다. 그중 하나, 유일하게 용도를 짐작할 수 있는 방이 있었는데 아마도 어린 여자아이가 썼던 방인 듯했다. 정원을 향해 뚫린 커다란 창문에는 분홍색 막대사탕이 그려진 커튼이 걸려 있었고, 하얀 캐노피가 걸린 조그만 침대도 있었다. 아마 강산의 딸이 사용하던 방이었겠지. 청소하는 이들이 깨끗이 쓸고 닦았으므로 방에는 먼지 하나 없었지만, 오랫동안 아무도 사용하지 않았다는 것을 알 수 있었다.

계절과 용도가 불분명한 잡동사니가 쌓여 창고가 되어 버린 방도 하나 있었다. 강산이 잠들어 있는 시간에는 주로 그곳의 물건을, 실례지만 마음껏 열어보고 뒤져보았다. 좀 본다고 해서 닳는 건 아니잖습니까, 어차피 귀신인데 뭐 어때. 내심으로는 가족사진이 든 앨범이나 스크랩 같은 것을 기대했는데 그런 것은 없었다. 다만 커다란 종이 상자 속에서 강산이 출연했던 영화의 흔적들을 찾아내고는 잔뜩 흥분하여 살펴보았다. 마니아들이라면 웃돈을 주고서라도 갖고 싶어 할 귀중한 물건들이 허섭스레기처럼 한데 섞여 먼지를 뒤집어쓰고 있는 것이 의아했으나 내 사정은 아니지, 혼자 한참을 들었다 놓았다 하며 마음대로 만지고 쓰다듬었다. 오 이건 〈어둠 속의 방문자〉에서 썼던 선글라스, 앗 이건 〈당신의 뒷모습〉에 나왔던 손거울이다, 하면서. 물론 〈심야의 질주〉의 그 유명한 물건, 극 중에서 강산이 몰았던 포니의 열쇠와 열쇠고리도 있었다. 그 외의 용도를 알 수 없는 잡동사니와 서류들을 하나하나 구경하다 이번에는 낡은 봉투에 든 종이 뭉치를 하나 찾았다. 대학병원 로고가 크게 찍혀 있어 병원에서 받아 온 것이겠거니 하고 심상하게 열어보았다. 크고 작은 팸플릿이 두세 종류,

모두 알코올의존증에 관한 것이었고 그 밑에 깔린 종이는 심리검사 결과지였다. 이때까지도 그저 영화에 등장했던 소품이겠거니 생각했으나 그렇다기엔 뭔가 현실감이 느껴지는 물건이라 자세히 살펴보니 웬걸, 강산의 것이었다. 의아한 마음으로 심리검사 결과지를 훑어보다가 참담한 기분이 되었다. 우울, 비관, 자해, 항목마다 빨갛고 두꺼운 글씨로 쓰인 글자들도 생경했지만 그 종이 맨 위에 쓰인, 아마도 강산이 직접 쓴 듯한 자기의 이름자 때문이었다. 강, 산, 꾹꾹 눌러쓴 그 두 글자는 글을 갓 배운 어린아이가 왼손으로 쓴 듯 삐뚤빼뚤한 데다가 덜덜 떨리고 있었다.

나는 그 글자를 오랫동안 내려다보았다.

강산은 술을 못한다고 했었다. 아주 오래전의 일이지만 똑똑히 기억하고 있는 것이, 기사식당에서 밥을 먹고 있는데 틀어놓은 텔레비전에 강산이 나온 적이 있었다. 아마도 중견 배우 특집이었는지 강산 또래의 배우들이 여럿 나온 자리였는데 어쩌다 술 이야기가 나왔다. 모두 술을 마시고 실수를 했던 일화며 부부 싸움을 하고 돈과 건강을 잃은 이야기를 하는데 강산은 정색을 하고 말했다. 저는 술을 못합니다. 술은 백해무익해요. 꼭 술에 원수라도 진 것처럼 꼭꼭 씹듯이 이야기하는 것을 보고 역시 멋진 남자로구나 하며 감동했던 것이 생생했다. 그런데 이게 무슨 일일까, 강산이 알코올의존증이라니.

다른 서류들을 살펴보았다. 입퇴원 내역서와 병원비 청구서, 모두 3, 4년 전의 것들이었다. 동글동글한 여자 글씨로 '하루 두 번, 식후'라고 적힌 약봉지도 있었다. 그것들을 하나하나 넘겨보다 도로 차곡차곡 봉투에 넣어두고 상자 뚜껑을 닫았다. 방에서 나와 텅 빈 거실을 지나 강산이 잠들어 있는 침실 문 앞에 섰다.

무슨 일이 있었는지 몰라도, 술 때문에 고생깨나 하셨나 봅니다.

닫힌 문에 대고 중얼거렸다.

술에 대해서라면 나도 할 말이 좀 있습니다.

문 안에서는 불규칙하고 얕은 숨소리가 흘러나오고 있었다.

왕년에는 저도 어디 가서 빠지지 않는 술고래였죠. 이런저런 잡일을 하여 하루 벌어 하루 먹고사는 주제에, 어쩌다 돈이 생기면 술값부터 빼놨을 정돕니다.

그날도 혼자 컵라면을 안주 삼아 소주를 마시고 있었어요. 딱 반병 마셨을 때 전화가 왔습니다. 물류 일을 하는 형님이었죠. 정말 급한 배송 건이 있는데 기사들이 다 나가 있어 그런다면서 제게 강화도까지 다녀와줄 수 있냐고 물었습니다. 지금 술을 마셔서 어렵겠다고 했어야 했는데, 정말 그랬어야 했는데 참, 그보다 돈 생각이 먼저 나더라고요. 이전에도 그런 식으로 몇 번 땜빵을 해준 적이 있었는데 그때마다 꽤 넉넉한 보수를 받았거든요. 그 몇 푼 손에 쥘 생각에 신이 나서 형님네 차고지로 달려갔죠. 술 냄새가 난다며 의심스러워하는 형님께 어제 마신 게 덜 깼는가 보다고 둘러대곤 미리 짐을 실어둔 1톤 트럭에 올라타 무작정 출발했습니다.

맞아요, 사람을 쳤습니다. 그것도 둘이나요.

목적지는 강화도에서도 한참 더 들어간, 석모도 부근에 있는 어느 공사장이었어요. 싣고 온 물건을 내려주고 가벼운 마음으로 돌아가는 중이었습니다. 거의 폐허가 다 된 해변 마을을 통과하는 구불구불한 자갈길을 따라 달려가는데, 갑자기 튀어나온 젊은 여자 둘을 미처 보지 못했습니다. 차체에 부딪힌 두 사람은 각자 다른 방향으로 멀리 날아갔어요. 끔찍한 소리가 났던 걸 기억합니다. 둘 중 하나가 날아가며 하필이면 전봇대에 머리를 부딪혔어요. 나머지 하나도 팔다리를 이상한 방향으로 꺾은 채 쓰러진 꼴이, 언뜻 보기에도 이미 죽은 것 같았습니다.

어떻게 했어야 할까요.

이런 말을 하면 이상하게 여기실지 모르겠습니다만, 참 아름다운 여름밤이었어요. 낮 동안 데워졌던 소금기 가득한 공기가 서서히 식어가며 달콤한 짠내를 풍기고 있었고 좁은 자갈길 양옆으로는 가시투성이 해당화가 가득 피어 있었지요. 머리 위에는 초승달이 드높이 떠 있었고 파도가 해변에 부딪는 소리가 은은하게 들려왔어요. 참말로 멋지고 고즈넉한 풍경이다, 그렇게 생각했습니다. 시체를 옮기는 동안에요. 마침 한 3백여 미터쯤 떨어진 곳에 테트라포드를 쌓아 만든 방파제가 있었는데 시체 두 구를 안아다가 그 틈새로 비집고 넣어 떨어뜨렸습니다. 혹시 누가 이들을 발견하면 방파제에서 놀다가 실족사한 것으로 생각해주길 간절히 바라면서요. 물론 길에 튄 핏자국이나 살점 같은 것이 없는지 꼼꼼히 살피는 것도 잊지 않았습니다. 다만 트럭 앞이 크게 움푹 들어간 것은 어쩌지 못했는데 이것도 누가 일러준 양 묘안이 생각나더군요. 차고지에 돌아가서는 소변이 급한 척, 서둘러 주차를 하다 일부러 앞의 벽을 쿵 들이받았습니다. 형님께 욕을 좀 얻어먹긴 했지만 잘 넘어갔어요.

어떻습니까, 상당히 영리하지요.

그 뒤로 집 밖엘 나가지 못했습니다. 휴대전화도 꺼놓고, 혹시나 내 얘기가 나올까 싶어 텔레비전도 한번 못 켰어요. 밖에서 발소리만 나도 잠을 홀딱 깨선 덜덜 떨었지요. 그렇게 두어 달을 굴속에 든 쥐처럼 웅크려 떨다 어느 날, 창문을 열어보니 계절은 이미 늦가을이더군요. 얼굴에 와닿는 바람이 싸늘하고 나무들은 물이 들기 시작했고, 세상은 아무 일도 없었다는 듯 다시 아름답고 밝더란 말입니다. 그게 어이가 없어 혼자 멍하니 있다가 피식 웃었습니다. 운이 좋았다, 참으로 천운이다, 그런 생각을 하면서요.

역겹지요.

사람을 둘이나 죽여놓고 하늘을 찾다니, 역겹고 가증스럽지요.

먹고살아야겠기에 다시 밖으로 나갔고 그 일은 점차 잊혀갔습니다. 아무도 저를 잡으러 오지 않았어요. 다만 그 뒤로 술은 입에 대지 않았습니다. 그렇지만 반성한다거나, 그날의 일을 떠올리고 싶지 않아서와 같은 이유는 아니었습니다. 술에 취하면 제가 혹시나 어디다 이 일을 말해버릴 것 같았어요. 제가 생각해도 기똥차게 교묘했던 그날의 수법을 자랑하고 싶어질까 봐, 머리가 부서진 시체가 얼마나 끔찍하고 따뜻했는지 설명하고 싶어질까 봐요. 지금 주절거리는 걸 보시면 알겠지만 제가 입이 좀 싼 편이라서.

그러니까, 저는 오로지 저 한 몸의 보신만 생각했다는 말입니다.

강산이 식사를 할 때면 앞에 앉아 그 모습을 바라보곤했다.

주방에는 식당에나 어울릴 법한 크기의 거대한 냉장고를 비롯해 번쩍이는 가스레인지며 조리도구들까지 없는 것이 없었으나 강산은 한 번도 그것들을 사용하지 않았다. 요리를 할 줄 모르는 것인지 하지 않는 것인지, 보는 내가 다 안타까울 만큼 강산은 끼니에 관심이 없었다. 그저 청소하는 이들이 채워두고 간 반조리식품들을 조금씩 헐어가며 먹었다. 대개 전자레인지에 돌린 즉석밥에 레토르트 찌개를 부어 먹었고 그마저도 귀찮으면 참치나 장조림 따위가 든 통조림 하나로 식사를 끝내기도 했다. 젓가락으로 음식을 집는 것이 아니라 묻히는 것이 아닌가 싶게 조금씩 집어서는 무심한 얼굴로 입에 넣고 씹어 삼켰다.

이봐요.

우리 나이에 그렇게 먹으면 큰일 나요. 더 늙어서 얼마나 골골거리려고.

생전에 누구에게도 해보지 않은 말이었다. 물론 강산은 그러거나 말거나 죽상을 하고선 허룩한 끼니를 끝냈고 깡통과 플라스틱 그릇을 잘 씻어 커다란 봉투에 따로 모았다. 그러고는 아무것도 먹지 않았다는 듯 소파로 돌아갔다.

어느 날에는 식사를 끝내고 거실로 돌아갔을 때 우연히 텔레비전에서 마침 강산의 옛날 영화가 막 시작하던 적이 있었다. 〈어둠 속의 방문자〉라는, 강산이 젊었을 적 찍었던 첩보 영화 중 하나였다. 〈심야의 질주〉만큼은 아니지만 좋아하는 영화였고 더구나 옆에는 강산이 앉아 있었으므로 세상에 이런 경험을 다 해보누면, 하며 기꺼운 마음으로 그의 옆에 앉았다. 그런데 강산의 표정이 이상했다. 온몸을 딱딱하게 굳힌 채 눈을 부릅뜨고 텔레비전을 노려보더니,

영화가 시작하고 5분쯤 지났을 무렵 기어이 벌떡 일어서는 것이었다. 화장실로 달려갔으나 미처 문턱을 밟기도 전에 구토하는 소리가 들렸다. 황급히 그의 뒤를 따라가 방금 먹은 즉석밥과 즉석김치찌개가 걸쭉한 죽이 되어 화장실 바닥에 흩뿌려진 광경을 보았다. 강산은 눈을 크게 뜨고 자신이 토해놓은 빨간 액체를 내려다보고 있었다. 한참을 그러고 있더니 마침내 허리를 구부정히 펴고 일어서서는 그 위에 끈적하고 긴 침을 퉤, 뱉었다. 비틀비틀 침대로 돌아가서는 그날 내내 방에서 나오지 않았다.

다다음 날이 되어 청소하는 이들이 집에 도착했다. 이런 꼴을 보는 것이 처음은 아닌 모양인지 그들은 화장실 문을 열자마자 오만상을 찌푸리며 으으, 이 양반 또 이래 놨네, 하고 중얼거렸다. 한쪽이 붉게 말라붙은 토사물 위에 청소 약품을 뿌리고 다른 한쪽이 솔로 닦아냈다. 나는 청소에 열중한 그들의 뒤에 서서 여기도 튀었어요, 저기도 좀 닦아주세요, 하고 손가락질을 했다.

그들이 모두 돌아가고 나자 화장실은 다시 깨끗해졌다. 아무도 구토한 적이 없는 것처럼 화사하고 말끔하게.

강산에게 무슨 일이 있었던 것인지 대강 알게 된 것은 이

청소하는 이들 덕분이었다. 도대체 드나드는 사람이라곤 찾아볼 수 없는 데다 이제는 웬만한 서랍이며 갈피도 모두 뒤져보아, 매일 죽을상을 한 채 점점 야위어가는 강산을 지켜보는 것이 유일한 소일거리인 이 집에서는 그나마 이들이 오는 것이 일종의 이벤트였으므로 청소하는 이들이 오면 그들을 졸졸 따라다니며 일하는 모습을 구경하다 얻어듣는 것이었다.

매번 남녀 둘이 짝지어 오곤 했는데 이날은 남자 둘이 왔다. 한쪽은 자주 보던 나이 든 이였고 다른 쪽은 앳된 얼굴에 키가 훌쩍 크고 깡마른 청년이었다. 청소 일을 시작한 지 얼마 안 된 것인지 첫날은 청소도구를 들고 나이 든 쪽을 쫓아다니며 이것저것 설명을 들었다. 침실은 집주인이 자고 있으니까 빼고, 나머지 방은 위에서부터 아래로 먼지를 털면서, 쓰레기는 분리하여 집 앞 어디에……. 앳된 쪽은 고개를 주억거리면서 유심히 들었다. 그러다가 문득 물었다. 여기 영화배우가 사는 집이라면서요. 그러자 나이 든 쪽이 피식 웃으며 대꾸했다.

배우는 무슨, 옛날에나 좀 유명했지 지금은 산송장이나 다름없어.

발끈 화가 났으나 어쩔 방법도 없었고 틀린 말도 아니었으므로 가만히 듣고 있었다.

이전에 무슨 영화를 찍다가, 도중에 다 내팽개치고 도망쳤대.

도망이요?

알코올의존자가 돼서 죽네 사네 했다더라고. 하나 남은 딸도 미국으로 가버리고, 그 뒤로는 뭐, 아무도 안 불러주지.

왜 그랬대요?

몰라, 우울증이 왔다나.

그들은 더 말하지 않고 청소를 계속했다. 며칠 전 청소했을 때와 전혀 달라지지 않은 작은방들을 다시 한번 말끔히 쓸고 닦은 뒤 거실로 이동했다. 앳된 쪽은 텔레비전 근처를 맡았고 나이 든 쪽은 가죽 소파에 약품을 뿌리기 시작했다. 강산이 항상 앉는 자리만 움푹 팬 소파를 타월로 문지르던 나이 든 쪽이 혼잣말처럼 중얼거렸다.

우울증 그거 다 먹고살 만해서 걸리는 거 아닌가.

앳된 쪽은 대답 없이 마른걸레로 텔레비전을 닦는 데 열중하고 있었다.

돈 많고, 이런 집에 혼자 살고, 나 같으면 맨날 좋아서 뒤집어지겠구먼.

그 말을 들은 앳된 쪽은 무언가 곰곰이 생각하는 듯한 얼굴이 되었다. 내내 입안에서 뭔가를 굴리는 듯 입술을 오물거리더니, 텔레비전을 마저 닦고 나서는 걸레를 접으며 이렇게 말했다.

그래서 우울증에 걸린 거 아닐까요.

뭐가?

다들, 그렇게 생각해서요.

그러자 나이 든 쪽이 발끈하며 고개를 들었다.

뭐야, 그래서 그게 지금 내 탓이라는 거야?

앳된 얼굴은 대답하지 않았다. 잠시 그쪽을 노려보던 나이 든 이도 더 말하지 않고 소파를 마저 닦았고 다 닦고 나서 청소도구들을 챙겨 집을 떠났다. 나는 앳된 얼굴이 닦은 텔레비전 앞에 서서 창밖을 내다보았다. 그들이 타고 온 차가 천천히 후진해 진입로를 빠져나가고 있었다. 나이 든 쪽은 뚱한 얼굴을 하고 입을 굳게 다물고 있었다.

돌아서니 먼지 한 톨 없는 텔레비전에 거실의 풍경이 거울처럼 비치고 있었다. 물론 그 안에 나는 없었으므로 보기에 좀 이상했지만. 나는 깨끗이 닦아놓은 소파에 앉아 방금 그들이 주고받은 말을 곰곰이 생각했다. 아무래도 나이 든 쪽의 말이 더 이해가 됐다. 다 가졌으면서, 필요한 건 다 있으면서 뭐가 불행해서 우울증에 걸린단 말인가. 우울증이란 것은 본래 부유하고 나약한 이들이 자기 신세 한탄을 좀 고급스럽게 하는 것이라고 생전의 나는 생각했었다. 고작 우울증 때문에 찍던 영화를 내팽개치고 도망치다니. 실망스럽고 속이 상했다. 도망칠 때 치더라도 좀더 그럴듯하고 멋진 이유가 있었어야 하지 않을까. 사랑의 도피라든지, 의리를 지키기 위해서라든지, 실은 피비린내 나는 어떤 사건에 휘말려 어쩔 수 없이 몸을 피해야만 했다든지 같은. 고작 우울증 때문에 그랬다는 사실은 믿기 힘들었다. 그래, 알고 보면 다른 이유가 있었던 게 아닐까. 세간에 밝히지는 못했지만 말하기 어려운 그런 사정이.

그렇게 멋대로 추측하는 와중 강산의 침실 문이 삐죽 열렸다. 까치집처럼 머리를 헝클어뜨린 강산이 수염 돋은 턱을 문지르며 나왔다. 그래도 반가워 일어났습니까, 말을 건네며 주방에서 물을 한 컵 따라 마시는 강산의 옆으로 갔다.

왜였을까, 강산의 집에 머무른 지 적어도 석 달이 넘어

가는 시점이었고 자고 일어나 부스스한 강산의 모습을 거의 매일 보아왔었다. 그런데 오늘따라 유독 이상하게도 강산의 몸뚱어리가 작고 말랐다고 느껴졌다. 나란히 선 나보다 키도 한 뼘은 더 크고 자세도 훨씬 곧았지만 어딘가 모르게 뭐랄까, 그래 초라하다고 해야 할까. 팬티에 러닝셔츠 차림으로 다 마신 물컵의 바닥을 빤히 들여다보고 서 있는 강산의 깡마른 어깨를 바라보다가 문득 아까 앳된 얼굴이 했던 말을 떠올렸다.

그래서 우울증에 걸린 건 아닐까요, 다들 그렇게 생각해서.

강산은 비척비척 소파로 걸어가 앉았다. 리모컨을 찾아 쥐는 그의 옆에 나도 함께 앉았다. 옆얼굴을 엇비끼어 바라보며 말했다.

그렇다면 미안합니다.

강산은 텔레비전을 틀었다. 무심한 얼굴로 채널을 돌리다 지역 맛집을 소개하는 프로그램을 틀어두곤 멍하니 보았다.

미안하다고요, 마음대로 생각해서.

눈빛이 다 꺼진 그 옆모습에 대고 다시 한번, 큰 소리로 말했다.

사실은 당신도 그랬던 거지요.

외롭고 괴로운데 어디 말할 사람이 없어서 그랬던 거지요.

그렇지요, 이런 이야기를 어디 가서 하겠습니까.

당신 주변에도 가족과 친구가 있었고, 그들에게 괴로움을 털어놓고 호소할 수 있었던 때가 있었겠지요. 그런데 어쩌다 보니 그게 다 사라지고 혼자 덩그러니 남은 거지요. 그 기분 압니다. 잘 알지요. 저도 그런 적이 있었습니다.

가족도 연인도 없이 평생을 외톨이로 살아온 저입니다만 단 한 번, 마음을 터놓고 이야기할 만한 친구를 가져본 적이 있었어요. 그 친구도 택시를 몰았는데 저보다 두 살이 어렸지요. 저나 그놈이나 붙임성 좋은 편은 아니라, 가끔 택시 승강장에서 마주치면 자판기 커피나 한잔하던 것이 주말에 동네 뒷산에도 가고 고기도 구워 먹으러 다니는 사이가 되기까지 2, 3년쯤 걸린 것 같습니다. 빈 택시로 다니기가 적적할 때면 전화를 걸어서 어디 있는가 물었고 가까우면 가깝다고, 멀면 멀다고 서로 탄식하곤 했지요.

그 친구는 저와 달리 꽤 괜찮은 삶을 살았습니다. 택시를 몰기 전에는 무슨 중소기업의 부장인지 과장인지를 했었다더군요. 딸아들도 하나씩 두었고요. 그 친구 차에 가족사진이 있었는데 그게 참 못 견디게 부러웠던 기억이 납니다. 가족사진이라, 저도 그런 걸 차에 둘 수 있었다면 좀 좋았을까요.

지금처럼 속내를 다 까발리며 나오는 대로 얘기하진 않았습니다만, 그 친구랑은 그래도 이야길 많이 했어요. 사람 치어 죽인 얘기는 차마 할 수 없었지만 어머니를 두고 도망친 얘기는 했습니다. 그 친구는 이해한다고 말해줬어요. 자기도 도망치고 싶을 때가 많았다고, 애들 어릴 땐 그냥 다 같이 물에 빠져 죽자 싶어서 차를 몰아 저수지까지 간 적도 있었다고요. 그래도 그는 도망가지 않았고 저는 도망 갔지요. 그게 지금 그와 나의 차이를 만든 거겠죠. 저는 못나게도 그 사실을 항상 잊지 않았습니다.

그 친구가 어느 날 밤에 전화를 해서는 어렵게 말하더군요. 돈을 좀 빌려줄 수 있느냐고요. 무슨 일이냐 물으니, 군에 가 있던 아들이 휴가를 나왔는데 사람을 때렸답니다. 합의금이 필요하다고 다 죽어가는 목소리로 부탁하더라고요. 솔직히 돈을 빌려줄 요량은 있었습니다. 모아둔 목돈이 좀 있었거든요. 그런데 그 친구가, 마음이 급하고 간절하여 그랬겠지만, 이렇게 말하더라고요. 사람 하나 살리는 셈 치고 부탁드립니다, 형님은 돈 쓰실 데도 없지 않습니까, 하고. 돈 쓸 데가 없다. 이 말이 왜 그리도 귀에 거슬리고 마음에 남던지요. 그래 너는 돈 쓸 데 많아서 좋겠다, 일갈하고는 전화를 끊어버렸습니다. 다시 전화가 몇 통이나 걸려왔지만 받지 않았어요. 그 뒤로 그 친구와는 끝이었습니다.

그래요, 그게 아마 재작년이었나. 눈이 펑펑 오는 날이었어요. 영등포로터리에서 신호대기 중인데 옆 차선에서 누군가 창문을 내리고 나를 부르더군요. 사실 창문을 다 내리기도 전에는 그 녀석이라는 걸 알고 있었지만 못 본 척했습니다. 그놈이 형님, 형님, 외치다가 나중에는 팔을 뻗어 차창을 툭툭 두드리기까지 했지만 끝내 외면했어요. 신호가 바뀌자마자 그대로 좌회전 차선으로 빠져서는 가버렸습니다.

압니다, 분명 사과하려고 했겠지요.

그 뒤로 종종 생각했습니다. 그날 차를 멈추고 이야기를 나누었더라면 어땠을까요. 사과하는 것을 받아주었다면요. 제 주제에 자식을 갖는다는 건 감히 상상해본 적도 없지만, 그날 그 녀석이 얼마나 황망하고 겁이 났을지는 짐작 못 하는 바가 아니었습니다. 미안했노라는 한마디 말이면 사나이답게 웃어넘겨 줄 수도 있는 일이었습니다. 그랬다면, 그럴 수 있었다면 우리는 다시 친구가 되었겠지요. 손님 없는 밤이면 서로의 위치를 묻고, 커피 자판기 앞에서 세상 반갑게 만나 시답잖은 얘기를 나누고요.

그랬다면 나도 목숨이 아까웠을까요.

사실 자주 생각했습니다. 제가 두고 도망친 것들에 대해서요. 어머니의 임종을 지켜드렸다면, 죽인 이들의 시신을 옳게 장례 치러주고 죗값을 제대로 치렀다면, 그 친구의 사과를 받아주었다면. 그랬다면 스스로의 죽음에 이토록 무심하지는 않았을 것 같습니다. 나는 심지어 가끔은, 내가 죽은 것이 더할 수 없이 온당하게 느껴져 고소하기까지 해요. 죽어 마땅하지요. 장례식에 찾아와 눈물 한 방울 흘려줄 사람이 없는 것이, 육개장 한 그릇 먹어줄 이가 없는 것이 당연하지요. 마땅히 마주해야 하는 것들을 마주하지 않았으니까요. 비겁하게 도망만 쳤으니까요.

당신은 어떻습니까. 지금 당장 죽어도 상관없다는 표정으로 앉아 있는 강산 당신은요. 당신도 가끔 후회합니까. 그때 떠나보냈던 이들을, 되돌릴 수도 있었던 실수들을 생각하나요. 그렇다면, 제가 이렇게 말해도 될지 모르겠습니다만, 아직 기회가 있어요. 당신은 저보다 나은 인간이잖아요. 여러 가지 면에서요.

그러니 제발, 일어나보세요.

계절이 바뀌며 아름다운 정원은 물이 들었다가 눈이 쌓이고 그것이 녹아 흘렀다가 마침내 다시 푸르러졌으나 누구도 그것을 보아주지 않았다.

강산은 갈수록 작아지고 있었다. 비유가 아니라 정말로 몸피가 쑥쑥 줄어드는 것이 눈에 보였다. 햇볕 한번 쬐지 않는 피부가 하루가 다르게 검어졌고 표면에는 이상한 윤기가 돌기 시작했다. 잠을 깨고 나서도 거실로 나오지 않고 침대에 모로 누워 보내는 시간이 길어졌다. 이불 밖으로 삐죽 나온 종아리며 발목이 뼈만 남아 앙상했다. 이전에는 그런 강산의 옆에 주저앉아 밥을 먹어요, 조금이라도 몸을 움직여요 하고 잔소리하기도 하고 안타까워 발을 동동 구르기도 했으나 이제는 그것도 그만두었다. 돌아올 리 없는 대답도 대답이지만, 초췌하게 마른 강산의 얼굴을 보고 있으면 마음이 매우 좋지 않았고 귀신이 되면 원래 그러는 것인지 좋지 않은 마음이 쉬이 없어지지 않아 며칠은 괴로웠다. 뼈다귀에 기분 나쁜 빛깔의 가죽을 덮어놓은 듯한 그 형상이며 자주 정신을 놓고 허공을 떠도는 눈빛에서 느낄 수 있었다, 저이의 명이 얼마 남지 않았다는 것을. 그렇다면 강산도 귀신이 될까. 그렇다고 해도 생전과 별다른 건 없을 것이다, 외롭고 지루한 혼령으로 존재하며 갈 곳도 할 일도 없이 구천을 떠돌 것이다, 그래 마치 나처럼, 하고 생각하면 또 마음이 한없이 슬퍼졌다. 울 수도 없고 소리칠 수도 없는 몸으로 오래오래 슬펐다.

그러는 동안 나는 나대로, 조금씩 풀어지고 있었다.

원래부터 이루고 있던 형체랄 것이 애매했으니 풀어지고 있다는 표현은 적절하지 않을지도 모르지만 아무튼 그랬다. 조금만 정신을 놓으면 허술한 기계장치의 조임새가 풀어지듯이 온몸이 사르르 풀려나가면서 사방으로 흩어지곤 했다. 그 흩어진 것을 굳이 힘주어 모을 필요성도 느끼지 못했으므로 사흘이고 나흘이고 흩어진 그대로 지내기도 했다. 그러다 어느 날 에잇, 하고 몸을 도로 모아보면 엎질렀던 것을 다시 대강 주워 담은 것처럼 군데군데의 부분들이 없어지고 흐릿해져 있었다. 흐릿해진 부분을 살펴보며 생각했다. 쌤통이라고.

아무도 찾아오지 않는 집에서 죽어가는 인간과 사라져가는 귀신, 그런 칙칙하고 음울한 것 둘이서 오래오래 웅크리고 있었다.

그러던 어느 날이었다.

강산은 잠들어 있었고 나는 그 옆에 풀어져 있었다. 언제부터 풀어졌는지조차 기억나지 않을 만큼 꽤 오랫동안 풀어진 채였고 아주 잠깐씩 정신이 돌아올 때마다 빠르게 지나치는 과거의 편린들을 보곤 했다. 주로 어린 시절의 것들이었다. 배에서 내린 아버지가 고무장화 달린 작업복을 쓱 벗어 던질 때마다 그 안에서 왈칵 쏟아지던 바닷물, 꼭 사람 얼굴 같다고 생각하며 밤 내내 바라보았던 천장 귀퉁이의 얼룩 자국, 앓는 어머니 발치에 놓여 있던 꽃무늬 스테인리스 요강 같은 것들, 아직 내 안에 남아 있었나 싶은 그런 것들이 수명을 다한 형광등처럼 깜박이며 지나갔고 그 잔상이 사라지고 나면 나는 그만큼씩 없어져 있었다.

그러던 와중, 삐르르르 하고 초인종 소리가 들렸다.

깜짝 놀란 나는 흩어져 있던 몸을 아주 오랜만에 한데 모았고 강산도 번쩍 눈을 떴다. 이 집의 초인종이 울린 것은 적어도 내가 머문 이래로 처음이었으므로 제대로 들은 것인가, 저것이 초인종은 맞는가 의아해하던 찰나 날카로운 새소리가 다시 울렸다. 이번에는 문 두드리는 소리도 함께였다. 정원 너머 있는 철제 대문을 누군가 주먹으로 두드리고 있었다. 무어라 외치고 있는 것 같기도 했다. 누굴까. 부스스 일어나 거실로 나가는 강산의 뒤를 따랐다. 한 번도 쓰인 적이 없어 그 자리에 있는 줄도 몰랐던 인터폰에 파란 화면이 켜져 있었다. 강산과 나는 화면에 떠 있는 얼굴을 함께 들여다보았다. 웬 외국인 남자였다. 화면을 쳐다보는 강산의 의아한 표정으로 미루어보아 그도 모르는 사람인 것 같았다. 종교라도 권유하러 온 걸까, 아니면 옆집에 이사 온 극성맞은 이웃일까. 어느 쪽이든 별로 심상한 일은 아닐 듯하여 심드렁해진 채 인터폰 수화기를 집어 드는 강산을 바라보았다. 외국인 남자는 아까부터 카메라를 향해 입을 뻐끔거리며 무어라 말하고 있었고 통화가 연결되자마자 엄청나게 큰 목소리가 거실에 우렁우렁 울려 퍼졌다.

  쟝인어른. 저는 은주의 남편입니다.

  쟝인어른. 문 열어주세요.

  열어주세요. 쟝인어른.

얼마나 놀랐는지, 이번에는 모았던 몸이 도로 와르르 흩어질 뻔했다.

남자는 엄청나게 컸다. 럭비 선수처럼 떡 벌어진 어깨에 키는 대강 보아도 2미터쯤 되어 보였다. 현관에 들어서자 그야말로 곰 한 마리가 일어서서 뒷발로 걸어 들어오는 것처럼 위압감이 느껴졌다. 양손에는 뭔지 모를 물건들을 주렁주렁 들고 있었다. 인천공항 면세점이라고 크게 쓰인 비닐 가방이 여러 개, 제 몸통만 한 캐리어가 하나, 거기에 등산객들이나 쓸 법한 커다란 백패킹 배낭도 메고 있었다. 그것들을 거실 소파 옆에 조심스럽게 부려놓고 나서야 남자는 집 안을 휘둘러보았다. 그러더니 또박또박한 말투로 말했다.

장인어른, 집이 아주 예쁩니다.

사용하는 이가 없으니 지저분하지는 않았지만, 냉기가 싸늘하게 도는 휑뎅그렁한 거실은 도저히 예쁘다고는 할 수 없는 풍경이었다. 그러나 남자는 정말로 집의 아름다움에 감명받은 듯한 표정을 짓고 있었다. 그 표정 때문일까, 그토록 큰 덩치를 하고도 남자의 얼굴은 엄청나게 순해 보였다. 새파란 눈동자 아래로 뾰족하고 큰 코며 가로로 큼직한 입은 약간 우스꽝스러워 보이기까지 했다.

음, 처음 뵙겠습니다. 저의 이름은 라이언입니다.

남자가 말하며 털이 부숭부숭한 큰 손을 내밀고는 강산이 그 손을 잡자 크게 흔들었다. 비쩍 마른 강산의 몸이 위아래로 들썩거렸다.

갑자기 찾아와서 놀랐습니까.

남자가 손을 잡은 채로 말했다.

은주가 이 집 주소 알려주었습니다. 가지 않겠다 말해서 혼자 왔습니다.

……미국에서 결혼했다는 말은 들었는데.

강산이 손을 비틀어 빼며 말꼬리를 흐렸다.

예, 결혼 2년 전 했습니다. 지금은 보스턴 살고 있습니다.

남자가 말하며 손가락을 두 개 펴 보였다. 이 불쌍한 사람, 딸의 결혼식에 초대받지 못했구나. 나는 새삼 딱한 마음으로 강산을 바라보았다. 아직도 당황하고 어색한 기색이 역력한 얼굴이었다. 급하게 꺼내 입은 윗옷은 바지와 전혀 어울리지 않았고 그마저도 살이 빠지기 전의 것인지 헐렁하게 커서 꼭 남의 옷 같았다. 덩치가 어마어마한 사람

옆에 있으니 더욱 왜소하고 초라해 보였다.

이봐요, 어깨 좀 펴요.

나는 어쩔 줄 모르고 엉거주춤 서 있는 강산의 귀에 대고 말했다.

일단 앉으라고 권해야지. 커피라도 좀 들겠느냐 물어봐요.

커피는커녕 마실 물조차 있는지 모르겠으나, 바보같이 멍하니 서 있는 강산이 안타까워 내가 대신 뭐라도 내오고 싶은 심정이었다. 그러나 남자는 개의치 않는다는 듯 선한 얼굴을 하고는 소파를 가리키며 말했다.

앉아도 됩니까? 쟝인어른도 앉으십시오.

아이고, 앉아요 앉아.

남자가 소파에 앉으며 미소지었다. 강산이 앉아서 멍하니 텔레비전을 보던 자리였다. 강산이 그 옆에 어색하게 앉았다.

어제도 그저께도 전화했는데, 받지 않았습니다.

미안하네. 휴대전화를 꺼놓고 산 지가 오래돼서.

은주도 그렇게 말했습니다.

남자의 발음은 어설펐으나 또박또박했다. 평소에도 한국말로 의사소통을 하고 지내는 사람만이 구사할 수 있는 문장이었다. 그것이 괜히 마음에 들었다. 강산의 딸은 잘 지내고 있구나, 어쩐지 그런 생각이 들어서였다.

이거 처음 만나는데, 아무것도 준비한 게 없어서 미안하네.

아닙니다. 쟝인어른은 저 오는지 몰랐습니다.

한국말을 진짜 잘하네.

캄사합니다. 은주한테 배웠습니다.

남자는 편안하게 앉은 자세로 웃어 보였다.

쟝인어른을 꼭 한 번 보고 싶었습니다.

나를? 나를 왜…….

강산이 남자를 마주 보며 어색하게 웃었다. 그러는데 남자가 갑자기 양손을 뻗었다. 그 손이 강산의 손을 덥석 잡았다. 손등에 털이 부숭부숭한 커다란 손이었다. 강산이 움찔 놀라는 순간, 남자가 또박또박 말했다.

은주, 배에 아기 있습니다.

저는 곧 아빠 됩니다. 은주도 엄마 됩니다. 야호!

남자가 소리치고는 환하게 웃으며 잡은 손을 흔들었다. 희고 번들거리는 얼굴이 군데군데 붉어졌다. 강산은 눈을 둥그렇게 뜨고 점점 더 붉어지는 남자의 얼굴을 멍하니 바라보고 있었다.

이봐요, 기쁘다고 말해야지.

육신이 있었다면 어깨라도 한번 툭 밀었을 텐데, 아무 말도 못 하고 있는 강산이 안타까워 소리쳤다. 그러는데 남자가 몸을 일으켰다. 그러고는 강산을 끌어당겨 양팔로 꼭 안았다. 어어, 강산이 어색한 비명을 질렀으나 소용없었다.

기쁘다는 것 압니다.

남자가 강산의 귀에 대고 말했다.

말하지 않아도 압니다.

커다란 남자의 손이 강산의 등을 천천히 토닥거렸다. 아기를 어르는 것 같은 동작이었다. 강산은 어색하게 팔을 내린 채 남자의 품에 안겨 있었다. 이윽고 천천히, 강산의 팔이 올라갔다. 남자의 커다란 몸통을 감싸 안고 등을 문질렀다. 남자가 상체를 숙여 강산을 더 꼭 끌어안았다. 그의 벌건 얼굴에 그림으로 그린 듯한 편안한 미소가 떠 있었다.

이윽고 남자가 팔을 풀고 강산을 놓아주었다. 둘 다 눈이며 코가 빨갰다. 아직도 영 어색하긴 했으나 그래도 입꼬리가 부드럽게 풀어진 강산의 그 얼굴을 나는 흐뭇한 마음으로 바라보았다.

참 잘됐습니다.

조용히 중얼거렸다.

잘됐어요.

남자는 백팩에서 태블릿을 꺼내 수십 장의 사진을 넘겨가며 보여주었다. 흰색 나무 울타리를 두르고 청회색 지붕을 얹은 그들의 집과 그들이 키우는 커다란 개, 픽업 트럭, 최근에 바꿔 달았다는 침실의 별무늬 커튼이 지나갔다. 은주의 사진도 있었다. 누군가의 생일파티에 앉아 있는 모습, 싱크대 앞에 서서 뒤를 돌아보고 있는 모습, 개를 안고 있는 모습. 모두 건강하고 행복해 보였다. 사진을 넘기다 쇼핑센터처럼 보이는 건물의 입구에 선 은주의 독사진이 나오자 남자는 갈색 털이 부숭한 손가락으로 은주가 찍힌 부분을 크게 키우며 말했다.

여기서 제일 처음 은주를 만났습니다. 은주 매일 아침 조깅하며 지나갔습니다. 나는 일 가면서 항상 봤습니다. 너무 예쁜 여자 있다고 친구들에게 말했습니다.

남자가 장난스러운 표정을 지었다. 강산도 옅은 미소를 지으며 태블릿 속 딸의 얼굴을 가만히 들여다보았다. 남자의 말마따나 은주는 정말 예쁜 아가씨였다. 진한 눈썹이며 턱이 강산과 좀 닮은 듯도 했다.

은주는 어려서부터 달리기를 좋아했어.

겨울에도 반바지를 입고 운동장을 뛰곤 했어. 초등학교 땐 육상부에 있었지.

강산이 말했다. 남자가 육상부, 말하며 고개를 갸웃하자 강산은 팔을 휘저으며 달리는 시늉을 해 보였다. 남자가 우스꽝스럽게 동작을 따라 하며 웃었다.

은주 잘 뜁니다. 나보다 빠릅니다.

제 엄마를 닮아서 그래. 애 엄마도 몸이 빠르고 가벼웠어.

은주가 엄마 얘기를 많이 했습니다.

남자의 표정이 어두워졌다. 태블릿을 내려놓고 자세를 가다듬은 남자가 새파란 눈동자로 강산을 똑바로 바라보았다.

은주한테 함께 오자고 말했지만 노, 했습니다. 은주, 엄마 얘기는 많이 하지만 아빠 얘기는 안 합니다. 왜냐고 물어보니 그냥 싫어, 라고 했습니다. 결혼식에 아빠 불러야 한다고 했는데 그것도 싫어, 했습니다.

강산은 입을 꾹 다문 채 고개를 숙이고 있었다. 남자가 안타깝다는 듯 앞으로 몸을 숙였다. 목소리에 한층 힘을 주어 천천히 말했다.

저의 부모님 제가 아기일 때 죽었습니다. 우리 아기에게 할아버지는 쟝인어른 하나 있습니다. 은주가 왜 쟝인어른 싫어하는지, 무슨 일이 있었는지 궁금했습니다. 직접 듣고 싶어서 한국어 공부 열심히 했습니다. 또 멀리서 왔습니다. 듣고 싶어서.

강산이 고개를 들었다. 남자의 새파란 눈과 강산의 눈이 마주쳤고 그러자마자 강산은 도로 고개를 돌려버렸다.

허 참, 뭐가 그렇게 궁금해서.

강산이 뒷목을 손바닥으로 비비며 중얼거렸다. 그러나 남자는 아랑곳없이 강산을 뚫어져라 쳐다보고 있었다. 여전히 다정했지만 한편으로는 강경한 눈빛으로, 모든 것을 털어놓기 전까지는 절대 물러서지 않을 기세였다. 나 역시 조마조마한 마음으로 강산의 입만 바라보고 있었다. 영영 열지 않을 것 같은 모습으로 꾹 다물어진 그의 입을 보며, 입 밖으로 낸다 한들 아무도 듣지 못할 말이었지만 속으로 외쳤다.

말해요. 마음속에 있는 얘기를 다 털어놔요.

그때였다.

뭔가 간지러운 것이 있었다. 내 속 깊은 곳에, 구체적으로 어디인지 집어내긴 어려우나 아마도 배 속 어느 지점쯤이었다. 부드러운 깃털 같은 것이 스치듯, 짧지만 선명한 간지러움이 반짝하고 지나갔다. 감각이라는 것을 느껴본 지 너무 오래되었으므로 깜짝 놀라 아랫배를 움켜쥐고 그 출처를 찾는데 다시 한번 반짝, 이번에는 더욱 확실하게 느껴졌다. 손으로 부여잡은 배 속 어딘가에 따뜻하고 말랑한 뭔가가 있었다. 아주 작은 점이었지만 분명히 알 수 있었고 그 부위를 인식하자마자 깨달았다.

이 점에서부터, 나는 사라질 것이다. 그렇다, 이 말을 들으려고 나는 지금까지 존재했구나. 그렇다면 듣겠다. 그러니 말해보세요.

간절한 소망에 응답하듯, 강산이 천천히 입을 열었다.

무서웠지. 끝도 없이 무섭고 불안하고.

아는지 모르겠지만 왕년엔 난 꽤 잘나가는 배우였어. 그 이후에는 아무것도 아니었고. 왜 그렇게 됐는지 몰라, 정신 차려 보니 어느새 그렇게 되어 있었다고밖에. 뭐 가끔 이런저런 프로에 나가긴 했지만 연기자가 아니라 연예인, 그것도 말하자면 병풍에 가까운 역할이었지. 앉아서 떠들고 웃고 박수나 치고. 나도 영화를 다시 하고 싶다, 시켜주면 잘할 수 있을 것 같은데, 생각하면서 젊은 배우들이 나오는 영화를 보곤 했어. 감정선은 형편없고 배우들 발음은 다 뭉개진 그 유치한 영화들이 흥행하는 걸 이해할 수 없었지. 젊을 때처럼 주연은 못 되더라도 묵직한 조연으로 한 방 터뜨려서 본때를 보여주고 싶었어. 이게 영화다 이놈들아, 하면서. 지금 생각하면 우습고 창피하지만 아무튼 그런 마음으로 이를 갈고 있는데 아무도 날 불러주지 않는 거야. 비슷한 나이대의 나보다 못한 배우들은 잘만 캐스팅되는데 나를 찾는 감독은 없었어. 이미지가 너무 올드하고 강하다나. 젊었을 적에 강렬한 사나이 느낌의 배역을 주로 맡곤 했는데 그게 독이었나 보지. 분했지만 어쩌겠어. 이리저리 애썼지만 소용없었고 난 점점 나이 들어갔지.

그러던 중에 드디어 기다리고 기다리던 기회가 찾아왔어. 영화에 출연하게 된 거야. 액션 영화였는데 주인공의 아버지이자 스승 역할이었어. 감독이 내 영화를 좋아한다면서, 이 역은 꼭 강산이 맡았으면 좋겠다고 했대. 나야 거절할 이유가 없었지. 진짜 잘해보겠다, 이 강산 아직 안 죽었다고, 만천하에 알리겠다 이를 갈면서 준비했어. 그렇게 모든 게 다 잘되고 있었는데.

첫 촬영이 있던 날 아침이었어. 이름만 촬영이었지, 주연들이 서로 얼굴도 익히고 캐릭터 회의도 하자는 취지로 다 같이 모이는 자리였어. 그러니까 불안할 건 하나도 없었는데, 멀끔하게 차려입고 집을 나서려는데 갑자기 발이 안 떨어지는 거야. 누가 발바닥을 땅에 붙여놓은 것처럼. 왜 이러지, 왜 이러지 하는데 이번에는 숨이 안 쉬어져. 머리가 핑 돌면서 숨이 컥 막히고 가슴이 조여드는 거야. 그 순간에는 아무것도 생각할 겨를이 없었어. 그 자리에 주저앉아서 그저 숨을 다시 쉬고 싶다는 생각만 했어.

그날부터였어. 촬영은커녕 집 밖을 나가지도 못하게 된 건. 대본만 봐도, 전화기만 울려도 숨이 탁 막히면서 어지러워지고. 아무도 없는데 자꾸 누가 쫓아오는 것 같은 기분이 드는 거야. 결국엔 전화기를 꺼놓고 이불을 뒤집어쓰고 방에만 틀어박혔어. 영화는 뭐, 말아먹었지. 꼭 내가 맡아줬으면 했다는 그 역은 다른 배우한테 갔고. 나중에 그 사실을 알게 됐을 때 오히려 다행이다 싶었고 그렇게 생각한 나 자신이 너무 싫었어. 인생 마지막 찬스를 날렸는데 분해야지, 원통하고 억울해야지 뭐가 다행이냐 싶어서.

지금까지는 시켜주지 않아서 못 한다고 생각했는데 그게 아니었어. 언제부터 그렇게 됐는지, 왜 그렇게 된 건지는 모르겠지만 아무튼 난 이제 연기를 못 하게 된 거야. 카메라 앞에 선다는 생각만 해도, 아니 촬영장에 간다는 생각만 해도 속이 메스껍고 입술이 차가워졌어. 온 세상 사람들이 날 벼르면서 지켜보겠지, 꾸역꾸역 기어 나온 저 퇴물이 어디 얼마나 잘하는가 보자면서 내 오점을 찾으려고 눈에 불을 켜겠지. 그런 망상으로 괴로워하다 어떤 때에는 사람들이 내게 그렇게까지 관심이 있진 않을 거라고 위안하기도 했고 그 사실에 또 상처받았어. 그러면서 깨닫게 되었지.

나는 이제 배우가 아니다.

그럼 배우가 아닌 나는 이제 무얼 해야 하지. 내가 몇 살까지 살까. 대강 계산해보니 앞으로 한 30년은 더 살 것 같더군. 뭐 늙어 죽을 때까지 배우를 해먹을 수 있을 거라곤 생각 안 했지만, 30년이라고 생각하니까 까마득했어. 그 긴 세월 동안 뭘 해야 하지. 뭘 할 수 있을까. 아무래도 모르겠는 거야. 그저 죽도록 무서웠어. 내 앞에 펼쳐진 시간이, 이 긴긴 낮과 밤이.

　내가 술을 입에 댈 줄은 정말 몰랐어. 내 아버지는 말년에 알코올성 치매로 똥오줌도 못 가리다 돌아가셨거든. 그지긋지긋한 모습을 지켜봤는데 이젠 내가 그렇게 된 거야. 애 엄마가 죽었을 때도 마시지 않았던 술을, 처음엔 저녁에 혼자 한두 잔 하다가 늘고 늘어서 어느새 술 없이는 잠을 못 자는 몸이 되어버렸지. 은주가 그걸 정말 싫어했어. 그 전까진 같이 여행도 가고, 사이가 참 좋았는데. 애랑 티격태격하고 나면 속이 상하니 또 술을 마시고 그럼 또 싸우고. 그렇게 몇 년이 지났을까, 어느 날 씻고 나오는 길에 화장실 문 앞에서 푹 쓰러졌어. 병원에선 간경변증이 진행되어 간암으로 가기 직전이라고 하더군. 술을 당장 끊어야 한다고 하는데 그게 되나. 몰래 마시다 들키고, 은주랑 싸우고 울리기도 많이 울렸지. 알코올의존증으로 입원도 하고 그랬는데 끝내 술을 못 끊었어. 그러다 어느 날 크게 싸운 끝에 은주가 그러더군. 다 지긋지긋하다고, 미국으로 가겠다고.

　예전부터 그러고 싶었을 거야. 안 그래도 그 애는 미국 유학을 준비한 적이 있었어. 거의 떠나기 직전에 갑작스럽게 아내가 유방암 판정을 받으면서 일이 어그러졌지. 결국 아내가 가버린 이후론 떠나지 못했어. 나를 혼자 남겨두고 갈 순 없다는 생각이었겠지. 그 착한 아이는 이 볼 것 없는 조용한 동네에, 귀신 나올 것 같은 집에 나와 함께 남아주었어. 회사도 다니고 연애도 하고 그러긴 했지만 매일 밤 집으로 돌아와서 잠을 자고 아침에 함께 밥을 먹어주었지. 그게 얼마나 고마웠는지 몰라. 그 애는 내 구질구질한 삶의 유일한 자랑거리였고 빛이었어. 그런데 그 애가 나를 떠나겠다는 거야, 나를 놔두고.

아비가 되어서 할 말이냐 싶겠지. 맞아, 지금도 그 일만 생각하면 죽은 아내한테 들 낯이 없어. 차라리 솔직하게 가지 말라고, 아니면 나도 같이 가자고 빌어라도 볼걸. 그땐 뭔가에 씌었던 것 같아. 애한테 못 할 말을 쏟아부었어. 아비 돈으로 평생 편하게 살아놓고 이제 늙고 병드니까 버리고 가겠다는 거냐고, 내가 빨리 돈이나 잔뜩 남겨놓고 죽었으면 좋겠다고 생각하는 거 다 안다고. 은주는 그 말에 대답도 하지 않았어. 눈을 둥그렇게 뜨고 멍하니 있더니 나가버리더군. 애 얼굴을 본 건 그게 마지막이었어. 미국으로 갔다는 것도 나중에야 알았지.

아아, 솔직하게 말할 수 있었다면 얼마나 좋았을까.

진심은 그게 아니었다고, 그냥 모든 게 다 너무 무섭고 무서워서 견딜 수가 없어 그랬다고. 아무도 나를 찾지 않는다는 것도, 딸애가 떠난다는 것도, 아무것도 할 수 없는 상태로 그저 죽을 날만 기다리며 늙어가는 것도 전부 무서웠다고. 그래서 다 외면하고, 버리고 도망쳤다고. 미안하다고.

얘기가 너무 길었네. 자네가 내 얘길 얼마나 이해했는지는 모르겠어. 그래도 말하고 나니까 속이 좀 시원해지는 것 같기도 하고. 아무튼 찾아와줘서 고맙네. 들어줘서 고맙고.

그래, 들어줘서 고마워.

정말 고마워.

강산이 말을 끝맺을 무렵에는 해가 저물고 있었고 나의 몸은 약간의 테두리만 남은 채 거실에 가득 들어찬 노을에 섞여 들며 흩어지고 있었다. 사라지기에 딱 좋은 시간이구나, 듬성듬성 남은 몸으로 생각하며 노을 속에 앉은 두 사람을 바라보았다. 긴긴 이야기를 들은 남자는 생각에 잠긴 듯 한동안 말이 없었다. 그러나 알 수 있었다, 강산의 말을 전부는 아니어도 필요한 만큼은 모두 이해했다는 것을. 이제 이들에게는 좋은 일만 있을 것이다. 그의 이야기를 듣기 위해 아주 멀리서부터 찾아온 이 부드러운 얼굴을 한 남자가 그렇게 해줄 것이다. 그것을 확신하고 나니 마음이 푹 놓였다. 미지근한 물에 풀려 나가듯 사르르 흩어지고 있는 몸을 감각하며 나는 미소 지었다.

만일 이다음 번의 생이라는 것이 있다면.

그렇다, 살아 있을 적에는 죽고 나서 이승을 떠도는 귀신이 될 줄은 꿈에도 몰랐고 바라지도 않았으나 그런 일이 실제로 일어났으므로. 이대로 사라지고 나면 다른 무엇으로 또다시 태어나게 될지도 모르지. 만약 그렇다면, 생이 한 번 더 주어진다면. 그것을 생각하자 문득 강산을 택시에 태웠던 어느 밤의 일이 떠올랐다. 그날 나는 분명 이렇게 말하고 싶었더랬다, 난 당신처럼은 죽었다 깨어나도 될 수 없다고.

하지만 정말 그럴까.

될 수 있지 않을까, 다음 번에는.

사라지기 직전, 마지막의 마지막으로 떠올린 것은 어떤 얼굴이었다. 살면서 보아온 모든 이들의 이목구비가 조금씩 섞여 만들어진 것 같은 낯익고 아련한 얼굴, 도망치고 외면하며 잊으려 애썼던 것들이 거기 다 모여 있었다. 그 얼굴에 내 얼굴을 가까이 대고 말했다.

꼭 다시 만납시다.

이번에는, 좋은 곳에서.

세상의 끝

혜수를 다시 만났던 날을 꿈꾸고 있었다.

나는 강원도의 어느 소도시에서 태어나 자랐고, 그곳의 모든 아이가 그렇듯이 학창 시절엔 내내 동네를 떠나고 싶다는 생각에만 골몰해 있었다. 방법은 두 가지였다. 대도시의 대학에 합격하든가, 대도시에 사는 남자와 결혼해서 떠나든가. 후자의 방법이 내겐 가능하지 않으리라는 것을 깨달은 중학생 무렵 이후로 나는 그악스럽게 공부에 매달렸고, 다행히 재수 좋게 서울 변두리의 어느 대학에 합격했을 땐 이제 됐다 싶었다. 입학처 홈페이지에 올라온 합격 두 글자를 본 그 주말에 바로 밤 기차를 탔다. 산뜻하고 시원하게, 뒤도 돌아보지 않고. 사투리, 쇠똥 냄새, 프랜차이즈 햄버거집이 달랑 하나 있는 '시내', 그 모든 지긋지긋한 것들에 팔랑팔랑 손을 흔들면서.

마침 엄마 역시 비슷한 생각이었다. 내가 고등학교에 올라가자마자 천생 바람둥이 한량이었던 아빠와 깔끔하게 이혼해버린 엄마는 애초에 이 도시 출신도 아니었다. 엄마와 나는 그다지 성격이 잘 맞진 않았지만 적어도 이 구질구질한 동네를 뜨겠다는 목표 아래서만큼은 일치단결했다. 나는 대학이 있는 서울에, 엄마는 이모가 살고 있는 고향 부천에 각각 새 보금자리를 점찍어두었다. 혼자서 육아용품 쇼핑몰을 운영하고 있던 이모는 안 그래도 포장이며 전화 응대를 담당할 직원을 구하고 있었다며 엄마를 환영했다. 어쩌면 이렇게 모든 것이 딱딱 들어맞는지. 19년을 살았던 집을 팔아 치우면서 우리는 단 한순간도 애수에 빠지지 않았고 무엇도 추억하지 않았다. 다시는 돌아오지 않을 거였으니까.

그러므로 내가 혜수를 다시 만난 것이 그 도시, 게다가 내가 그토록 끔찍하게 싫어했던 '시내'에서의 고등학교 동창회 자리였다는 것은 기억해둘 만한 사실이다. 나는 이것을 아주 낭만적이고 운명적인 연애의 시발점이라고 생각하고 있다.

그럴 만했다. 내가 그곳을 떠난 다음 해부터 동창회는

꾸준히 있었지만, 그전까지 나는 한 번도 참석할 생각을 하지 않았었다. 평일에는 피시방 아르바이트, 주말에는 두 집에 과외를 다니며 용돈을 벌어 쓰기 바빴던 탓도 있었지만 설령 한가해 죽을 지경이더라도 그 동네에 갈 일은 없었을 것이다. 몇몇 친구가 동창회 참석을 권하긴 했지만 몇 번 거절하니 그 뒤로는 연락이 끊겼다. 마음이 쓰이지 않은 건 아니었으나, 나중에 그 애들의 싸이월드에 올라온 동창회 사진을 보면서 가지 않기를 잘했다고 생각했다. 그 사진 속 낯익은 얼굴들 중 나처럼 동네를 떠난 아이는 한 명도 없었다. 떠나고 싶었지만 결국 실패하고 눌러앉은 아이들, 대학에 가는 대신 시외버스터미널이나 농협에 일찌감치 취직한 아이들만이 모여 앉아 있었다. 동네 아저씨들이 모여 야구 중계를 보는 사거리 그 호프집에서.

원래 같았으면 그 자리에 끼어들어 하루를 날리느니 자취방에 틀어박혀 모자란 잠을 더 자는 게 훨씬 낫다고 생각했을 거다. 그날 도대체 왜 갑자기 거길 가야겠다는 생각을 했는지는 지금도 알 수가 없다. 그 전날 과외를 마치고 집으로 돌아왔을 때까지만 해도 나는 내일이 동창회라는 사실조차 모르고 있었다. 한 친구의 네이트온 상태

메시지에 동창회 장소와 집합 시간이 적혀 있는 것을 보고 그렇구나 생각했을 뿐이었다. 그런데 다음 날 아침, 나는 계획대로 하루 종일 침대에서 뒹굴거리는 대신 원래 그러려고 했던 사람처럼 고속버스 티켓 예매 사이트에 들어갔다. 머릿속으로 시간을 계산하며 적당한 티켓을 산 뒤에는 샤워를 하고 공들여 화장까지 한 뒤 집을 나섰다. 뭐지, 내가 왜 이러고 있지, 생각한 것은 내가 탄 고속버스가 이미 서울을 빠져나가 고속도로에 접어든 이후였다.

그러니 그날의 일을 운명, 그 외의 단어로 설명할 수 있을까. 자석에 끌려가는 쇠못처럼 다시는 돌아가지 않겠다 결심했던 그곳으로 돌아갔던 이유는 그것뿐이다. 나는 그날 동창회에서 혜수를 만날 운명이었으니까.

언젠가 이 얘기를 했을 때 혜수는 코웃음을 쳤다. 너는 그냥 지금쯤 적당하다고 생각했을 뿐이야. 이 정도면 세련된 서울 사람이 된 네 모습을 보여주면서 적당히 빼기고 으스댈 만한 상태가 됐다고 판단한 거겠지. 그리고 밉살맞게도 이렇게 덧붙였다. 실제로 너 그날, 되게 재수 없었어. 내 딴엔 로맨틱한 말을 해보려던 거였는데, 나는 단박에 풀이 죽고 기분이 상했다. 야, 너도 재수 없긴 마찬가지였거든. 쏘아붙이고 나서 그날은 서로 한마디도 하지 않고 돌아누워 잤다.

그러나 지금 와서 생각하면 다시 한번 말해줄 수도 있었을 것 같다. 뭐였든 간에 그날 너를 다시 만난 건 운명이었다고. 그날 넌 전혀 재수 없지 않았고, 내게 그렇게 와줘서 다만 고맙고 또 고마웠을 뿐이라고. 네가 나를 구했다고.

그때로 돌아가 그렇게 말해주고 싶다, 간절하게 그렇게 생각했을 때였다. 꿈속의 나는 어느새 그날 밤으로 돌아가 있었다. 우리가 처음 함께 살았던 원룸, 둘이서 몸을 욱여넣고 잠들었던 싱글 침대에 돌아누운 그대로. 나는 부스럭부스럭 이불을 들추고 다시 돌아누워 좁은 혜수의 등을 톡톡 건드렸다. 혜수야, 있잖아. 그러자 혜수도 돌아누워 나를 똑바로 바라보았다. 막 준비한 말을 하려는데 혜수의 입이 천천히 열렸다.

일어나.

정신 차려.

날 혼자 두지 마.

나는 눈을 떴다. 그러자마자 혜수의 얼굴은 온데간데없이 사라졌고 나는 처음 보는 어두컴컴한 곳에 있었다.

지우야. 지우야. 일어나.

머리 위에서 혜수의 목소리가 들리기에 올려다보니 거기에 우둘투둘한 모양의 팔뚝만 한 구멍이 보였다. 혜수가 그 구멍에 얼굴을 들이민 채로 내 이름을 애타게 외치고 있었다. 지우야, 양지우. 어어, 나 여기 있어, 외치며 일단 몸을 일으켰는데 뭔가 이상했다. 마치 텅 빈 물병을 꽉 차 있는 줄 알고 집어 들었을 때처럼 뭔가 철렁하는 느낌이 있었다고나 할까. 분명 일어났는데, 일어났다는 느낌이 있긴 했는데 몸의 대부분을 놔두고 아주 약간만 지닌 채 일어난 것 같았다. 생전 처음 느껴보는 이상야릇한 감각에 깜짝 놀라고 나서야 천천히, 모든 것을 깨달았다.

나, 죽었었지 참.

끙차, 소리 내며 몸을 한껏 가늘게 늘이자 머리 위로 보이던 구멍으로 손쉽게 빠져나올 수 있었다. 불빛이 있는 그 위로 비집고 나오고 나서야 내가 어디 있었던 것인지 알 수 있었다. 테트라포드였다. 도대체 어떻게 집어넣은 것인지는 모르겠지만, 아무래도 나는 테트라포드의 다리가 겹친 틈바구니 아래쪽 어딘가에 끼어 있었던 것 같았다. 팔다리를 대강 꺾어서 밀어 넣었겠지. 어차피 죽었으니까 신경 쓰지 않고 고깃덩어리처럼 꾹꾹 구부리고 뭉쳐서.

그러나 정작 화가 났던 건 울먹이는 얼굴로 내게 다가온 혜수를 보고 나서였다. 혜수의 몰골은 그야말로 처참했다. 반투명해진 머리는 왼쪽 윗부분이 강판에 누른 것처럼 납작하게 짓뭉개져 있었다. 왼쪽 눈은 어딜 갔는지 흘러내려 매끄러운 점막만 빛나고 있었고 뭉개진 머리통 속은 그 안의 젤리 같은 뇌며 깨진 두개골 조각까지 훤히 들여다보였다. 그 모습을 보자 너무나 화가 나 속에서 불이 확 일어나는 것 같았다. 몰골이 끔찍한 건 둘째 치고 얼마나 아팠을까. 얼마나 놀랐을까. 혜수의 모습을 살피며 이를 꽉 깨무는데 혜수가 떨리는 목소리로 말했다.

네가 너무 오랫동안 일어나지 않아서, 나만 이렇게 된 줄 알았어.

너는 끝나고, 나는 안 끝난 줄 알았어.

나는 파들파들 떠는 혜수를 끌어안았다. 괜찮아, 속삭였다. 우리 같이 있잖아. 어떻게 된 거고 뭐가 된 건지는 모르겠지만, 어쨌든 여기 같이 있잖아. 괜찮아, 괜찮아, 괜찮아. 괜찮다고 자꾸 말하니 정말 괜찮다는 생각이 들었다. 혜수도 그랬는지, 품 안에서 혜수의 몸이 조금씩 진정되는 것이 느껴졌다.

맞아, 우린 어차피 죽고 싶었잖아.

혜수가 작게 중얼거렸다. 나는 못 들은 척 혜수를 안은 팔에 힘을 주었다.

그렇다, 우리는 여기에 죽으러 왔었다.

혜수는 트럭에 치이면서 튕겨나가 무언가에 머리를 세게 부딪혔고, 그 즉시 몸에서 분리되어 떨어져 나왔다고 했다. 그래서 모든 것을 지켜볼 수 있었다. 트럭에서 내린 젊은 남자가 새하얀 얼굴로 두리번거리던 것을, 축 늘어진 우리를 날라다 방파제 구멍에 욱여넣던 것을, 그리고 길바닥에 엎드린 채 흩어진 우리의 살점을 주워 모으던 것까지도.

어떻게 생긴 사람이었어?

음, 그냥 완전 평범. 잘생기지도 못생기지도 않았고, 크지도 작지도 않았고.

뭐야 그게. 좀 자세히 묘사해봐.

음.

볼썽사나운 몰골을 한 혜수와 나는 손을 잡고 걸었다. 방파제에서 조금 떨어진 곳에 우리가 트럭에 받혔던 좁은 골목이 있다고 했는데, 나는 그곳이 어딘지 잘 기억나지 않아 그저 혜수가 이끄는 대로 끌려가는 중이었다.

우리 지금 사는 집 말고, 처음에 너 자취하던 거기 있잖아.

어.

그 앞에서 밥 주던 고양이 중에, 하얗고 노랗던 애 기억나?

기억나지. 뭘 잘못 먹었는지 혼자 죽어 있던 애.

응. 그 애를 닮았어.

그게 대체 어떻게 생긴 거지. 그 고양이의 얼굴을 떠올려봤으나 내 기억에 그 고양이는 여느 고양이와 별다를 것 없는 그냥 고양이였다. 게다가 고양이를 닮은, 트럭을 모는 젊은 남자 역시 그려지지 않기는 마찬가지였다. 얼굴을 봐두었어야 했는데. 이왕 이렇게 귀신이 된 이상 그놈의 어깻죽지에 달라붙어 하는 일마다 망하라고 저주라도 걸면 좋았을 텐데. 이를 북북 갈며 나는 혜수를 따라 걸었다. 방파제를 마주 보고 선, 이미 오래전에 망해버린 마을의 흔적을 지났다. 무너진 돌담 아래 해당화가 흐드러지게 피어 바람에 흔들리고 있었다. 그 앞으로 돌이 드문드문 섞인 좁은 흙길이 있었다.

저기야.

혜수가 흙길 가운데의 한 지점을 가리켰다. 나는 그곳을 바라보았다. 뭔가 잔뜩 끼어 불빛이 흐려진 주황빛 가로등이 마치 무대를 비추는 스포트라이트처럼 서 있었고, 양옆으론 잡풀이며 덩굴이 무성했다. 얼마 전 여기서 사람 둘이 죽은 사고가 있었다는 것이 믿기지 않을 만큼 고요하고 한적했다.

날아가면서 저 가로등에 부딪혔나 봐.

혜수가 납작해진 왼쪽 머리를 쓰다듬으며 가로등을 바라보았다. 가까이 다가가 살펴보았지만 작은 물웅덩이 말고는 아무 흔적도 남아 있지 않았다. 근처의 풀숲이며 길에도 마찬가지로 피 한 방울 없었다. 어떻게 이렇게까지 깨끗하게 처리할 수가 있었을까. 혹시 그놈, 작정하고 친 거 아닐까? 이 말을 하려고 휙 돌아보니 혜수는 멀찍이서 고개를 꺾어 하늘을 바라보고 서 있었다.

그 남자가 말야.

혜수가 말했다.

우리를 저 구멍에 옮겨놓고 돌아와서는, 차에 타려다 말고 여기 이렇게 멈춰 섰어. 그러곤 멍하니 하늘을 보는 거야. 지금 나처럼. 한참을 이러고 있다가 가더라. 누가 오면 들킬지도 모르는 상황인데, 대체 저기 뭐가 있길래 그러고 있었는지 궁금했거든. 이제 알겠네.

고개를 바로 한 혜수가 이리 오라는 듯 내게 손을 흔들었다. 옆으로 다가서서 혜수가 바라보는 곳을 올려다보았지만 내게는 아무것도 보이지 않았다.

뭐가 있는데?

아마 우리를 치었을 그때쯤엔, 저기에 달이 있었을 거야.

혜수가 머리 위를 가리키며 말했다.

달이 아름답다, 밤하늘이 예쁘고 여름 바람이 좋구나, 그런 생각을 했겠지.

나는 혜수의 옆얼굴을 멍하니 바라보았다. 하도 어이가 없어 말문이 턱 막힌 탓이었다. 얘가 지금 제정신이 아닌 건가, 뭐라고 한마디 쏘아붙일까 고민하고 있는데 문득 나도 모르게 눈이 크게 떠졌다. 방금 바다 쪽에서 불어온 미지근한 여름 바람, 그 가운데서 무언가 진하고 향긋한 내음이 훅 끼친 탓이었다. 주변을 살펴보다 그 정체를 알았다. 흙길 옆으로 무너진 벽돌담과 잔돌들이 섞인 풀숲 속에 해당화가 가득 피어 있었다. 나는 오렌지색 가로등 불빛 아래 흐드러지게 핀 자줏빛 꽃잎을 가만히 내려다보았다. 멀리 바다에는 바람이 부는 소리가 들렸고, 가까이 풀숲 너머에서는 풀벌레가 찌르르찌르르 울고 있었다.

……혼자서는 절대 못 했을 거야.

중얼거리는 혜수의 목소리가 숨 막히는 향기를 가르고 귀에 와닿았다.

지우 너도 그랬잖아. 우리 매번 실패했잖아. 그러니까 이건, 잘된 일이야.

그러더니 혜수는 돌아서서 길섶을 따라 몇 걸음을 걸어갔다. 나는 혜수의 뒷모습을 눈으로 좇았다. 혜수의 발아래에서 풀잎이 바람에 살랑이듯 구부러졌다. 어둠 속에서 희게 빛나는 혜수의 가느다랗고 반투명한 다리. 문득, 여기오기 위해 집을 나서기 직전 주고받았던 대화가 떠올랐다. 집에서 입던 반바지를 그대로 입고 나가겠다는 혜수에게 얇은 긴바지를 입으라며 한참 잔소리를 했었다. 바다 모기가 얼마나 독한지 아느냐고, 물리면 퉁퉁 부어서 한 달은 고생해야 한다고. 겁을 먹으라고 과장을 좀 보탠 것이었는데 그 말에 혜수가 피식 웃었다. 우리한테 한 달 뒤가 있어? 말문이 탁 막혀 반바지에 슬리퍼를 꿰어 신은 혜수를 어쩌지도 못하고 조수석에 태우긴 했으나 나는 여기 오자마자 내내 모기 기피제를 뿌려댔었다. 그랬다. 나는 우리에게 한 달 뒤, 1년 뒤, 10년 뒤가 있으리라고 생각했었다. 어제가 있었고 그제가 있었던 것처럼 오늘도 내일도 당연하게 올 것이라고.

난 죽고 싶지 않았는데.

잘 살고 싶었는데, 너랑.

벌써 저만치 멀어진 혜수의 뒷모습에 대고 중얼거렸다. 아주 먼 곳에서부터 조그맣게 파도 소리가 들려오고 있었다.

혜수를 만나기 전에는, 글쎄 어땠더라.

상경하자마자 내가 한 일은 온라인 레즈비언 커뮤니티에 로그인하여 지역을 '서울'로 바꾸는 것이었다. 중학생 때부터 가입이야 되어 있었으나 열심히 눈팅만 했을 뿐 정모나 번개 등의 이렇다 할 활동을 하지는 않았었다. 한 다리 건너면 다 아는 좁은 동네에서는 아무래도 불안하기도 했지만, 그보다는 같은 지역으로 뜨는 회원이 너무나 적었기 때문이었다. 아예 각 지역별 게시판의 개수 자체가 달랐다. 서울은 각 구마다 따로 게시판이 있었으나, 그 외의 지

역은 인천/경기, 전북/전남 등으로 한데 묶여 있는 식이었다. 혹시나 싶어 우리 지역 게시판에 어쩌다 새 글이 올라오면 빠짐없이 챙겨 읽어보긴 했지만 대부분 까마득히 나이가 많은 성인들이었다. 서울에 살기는커녕 가본 적도 없으면서 나는 서울 지역 게시판, 그중에서도 왠지 힙하게 느껴지는 서대문구/마포구 게시판을 매일같이 챙겨 보았다. 그러면서 벼르고 별렀다. 서울만 가면. 익명의 도시, 자유와 방탕의 도시, 아무리 마음껏 활개 치고 다녀도 너 하나쯤 끄떡없다는 듯 너그러이 무관심할 그 도시에 가기만 하면. 나는 그 즉시 문란하고 방탕한 레즈비언으로 돌변할 거였다. 이대 거리에서 피어싱을 뚫고 목덜미에 타투를 한 채 서울의 모든 레즈비언 클럽에 등장할 작정이었다.

그러나 여기까지 읽었다면 대강 짐작할 수 있을 것이다. 그 허황된 꿈은 금세 부끄러운 흑역사만을 진하게 남기고 사그라들었으리라는 것을. 자취방으로 이사한 날 엄마가 주고 간 비상금을 탈탈 털어 한 타투는 라인이 삐뚤삐뚤 엉성하기 짝이 없었다. 피어싱 때문에 귀가 곪아 머리까지 지끈지끈 아픈 것을 참고 몇 번의 번개에 참석하기도 했지만 비참할 만큼 아무런 일도 일어나지 않았다. 그럴 수밖에, 먼저 말을 붙이며 마구 들이대도 잘 될까 말까 하는 판에, 혹여나 사투리 때문에 놀림을 당할까 봐 최대한 과묵한 척 말을 아끼며 구석에 찌그러져 맥주나 축내다 돌아오곤 했으니까. 뭐, 사투리가 아니었어도 크게 달라졌을 일은 없었겠지만.

고백하자면, 나는 모든 것이 그저 '저절로' 될 거라고 막연히 생각했었다. 마치 내가 무슨 사교계에 데뷔하는 귀족 영애인 양, 내가 짠 나타나기만 하면 서울의 모든 멋지고 쿨한 레즈비언들이 눈이 휘둥그레지며 나를 주목할 거라고 생각했던 것이다. 커뮤니티에서 유명한 몇몇 언니만큼은 아니어도 모두 나와 친해지고 싶어 할 거라고, 연상에게는 귀여움을 연하에게는 동경을 받는 그런 존재가 나도 될 수 있을 거라고 믿었다. 그리고 당연하게도 그중의 하나와 자연스레 관계가 점점 발전하고, 어느새 서로가 없이는 살 수 없는 진실한 애정을 주고받게 되며, 끝내는 세상의 차별과 편견을 뛰어넘어 아름다운 세기의 사랑을…… 저절로 하게 될 거라고 생각했었다.

그게 얼마나 허무맹랑한 꿈이었는지를 절실히 깨닫는 사이 어영부영 서울에서의 첫해가 지나갔다. 앞서 말한 아기 레즈비언의 헛된 망상을 제외하면, 내가 서울에 대해 생각했던 것은 대개 사실이었다. 여름엔 전기세를 아끼려 에어컨 대신 현관문을 활짝 열어놓고 살았지만 나는 옆집에 누가 사는지도 몰랐다. 새벽에도 거리에 나서면 어디에나 불이 환했고 골목의 하수구마다 누군가 구토를 한 흔적이 있었다. 잠이 오지 않는 밤이면 그런 길목들을 괜히 쏘다니기도 했으나 좋아서는 아니었다. 엄밀히 말하자면 싫은 것도 아니었지만. 서울은 내게 좋으냐, 싫으냐 한 번도 물은 적이 없었고 나는 어떤 호불호도 감상도 갖지 못한 채로 그냥 서울 사람이 되어 밤거리를 헤매 다녔다. 술에 취해 비틀거리며 보도에 침을 뱉는 또래들을 스쳐 지나며 나는 입속으로 발작적, 이라는 말을 되씹곤 했다. 거리로 뛰어나온 지금 이 순간뿐만이 아니라, 상경한 이후 서울에서 내가 벌이고 있는 모든 일이 그저 긴 발작에 불과한 것만 같다는 생각이 자꾸만 들어서였다.

다음 해에는 평생의 용기를 끌어모아 대학 내의 성 소수자 동아리에 가입했다. 짧고 지저분하게 끝났지만 어쨌든 거기서 첫 연애를 하기도 했다. 한 학번 위의 공대 선배였는데, 나는 우리가 사귀는 사이라고 생각했지만 알고 보니 나와 비슷한 관계인 사람이 동아리 안에만 세 명이었다. 나는 사실을 확인하자마자 이별 통보를 했고 동아리도 탈퇴해버렸다. 꽤 가까워졌다고 생각했던 동아리 친구들과도 자연히 연락이 끊어지고 말았다.

그리고 그다음 해에는, 아무런 일도 일어나지 않았다.

어느새 3학년이 되어 있었다. 취업 경쟁에 내던져질 시기가 다가오고 있었지만 아직까지는 그저 막연하게만 느껴질 뿐이었다. 성적을 맞춰 지원했을 뿐인 전공에는 끝내 취미를 붙이지 못해 학점도 그저 그랬고 하고 싶은 것도 없었다. 매일같이 학교에 갔고 다양한 아르바이트를 전전했으나 마음 붙일 만한 곳을 찾지도 못했다. 어린 시절부터 그토록 꿈꾸던 서울, 그곳에 살면서도 살고 있는 구를 벗어나본 적이 거의 없었다. 여전히 지하철을 타면 혼이 쏙 빠지는 기분이었고 술은 맥주밖에 마시지 못했다.

그러니 어쩌면, 혜수가 했던 밉살스러운 그 말이 맞을지도 모른다. 충동적으로 동창회에 갔던 것은 그런 시기였으니까.

아이들은 동창회에 나타난 나를 별로 반기지 않았다. 어떻게 알고 왔느냐고 누군가 떨떠름하게 물었고 거기에 마찬가지로 떨떠름하게 대답하고 나니 대화는 끝이었다. 내 몫으로 나온 5백 시시짜리 미지근한 맥주를 다 마시기도 전에 대강 파악할 수 있었다. 그날의 자리는 거창하니 동창회라는 이름을 달고 있긴 했지만, 나를 포함한 두어 명을 제외하면 평소 무슨 날이 아니라도 자주 어울리는 아이들이 구실을 붙여 다시 모인 것에 불과했다. 모두가 고등학교를 졸업한 후에도 고향에 머물고 있는 애들이었다. 서로의 근황을 나누지 않아도 알고 있는 그 애들은 자기들끼리만 아는 얘기를 신나게 떠들었다. 대화로 미루어보아 대부분이 취직을 한 듯했고 벌써 때 이른 결혼을 했다는 애들도 둘이나 있었다. 끼어들 수도 없고 끼어들고 싶지도 않아 나는 잠자코 맥주만 들이켰다. 그러면서 속으로 계속 생각했다. 왜 왔을까, 나는.

마침 반갑게도, 10시쯤 되자 떠들던 아이들은 서로 의미심장한 눈빛을 주고받았다. 지우 넌 서울 가는 막차 타나? 누군가 물었다. 그렇다고 끄덕이자 그 말을 시작으로 자연스럽게 자리가 파하는 분위기가 되었다. 이 중 몇 명은 따로 모여 2차를 갈 셈이라는 것을 눈치챘지만 상관없었다. 억지로 들이켠 맥주 때문에 불쾌하게 배가 부른 상태로, 나는 빨리 집에 가고 싶다는 생각만을 하고 있었다. 아이들과 우르르 섞여 호프집을 나오자마자 나는 막차 시간이 급하다고 말하고 아이들과 반대 방향으로 돌아섰다. 택시를 잡아탈 생각이었다. 마침 저편에서 빈 택시 한 대가 오고 있었다. 손을 흔들어 그 택시를 잡고서는, 멈춰 선 택시에 올라타며 다시는 오지 말아야겠다 생각한 그때였다.

옆자리에 누군가 쑥 들어와 앉았다.

서울 가니, 하고 작은 소리로 묻기에 그렇다고 대꾸한 뒤에야 누군지 알아차렸다. 오혜수, 나처럼 대화에 끼어들지 못하고 조용히 앉아 있기만 했던 아이 중 하나였다. 어리둥절해하고 있는 나를 바라보며 혜수는 가만히 물었다.

나 너네 집에 가도 돼?

어, 어?

나는 당황해서 말을 더듬었다. 뜬금없는 물음이었다. 혜수는 모였던 친구들 가운데 이름을 기억해내는 데 가장 오랜 시간이 걸린 아이였다. 같은 반이었던 건 맞지만 우리는 서로 한마디도 나누지 않은 채 졸업했다고 해도 될 만큼 전혀 친분이 없었다. 그런데 갑자기 집에 오겠다니. 나는 대답할 말을 찾지 못하고 잠시 머뭇거렸다. 말을 꺼낸 혜수 역시 이 부탁이 당혹스러우리라는 것을 알고 있는 눈치였다. 혜수의 한 손은 아직도 택시 손잡이를 쥐고 있었다. 거절당하면 바로 내리겠다는 듯이.

그때 나는 갑자기 깨달았다. 내가 이곳에 온 이유를, 오늘 아침 나를 깨워 이곳으로 향하게 했던 무엇을. 나의 오늘 하루는 마치 무슨 그림인지도 모르고 무작정 맞추기 시작한 퍼즐과도 같았다. 마지막 조각을 끼워 넣고 나서야 무슨 그림이었는지 명확하게 알게 되는 퍼즐. 확신할 수 있었다. 내가 여기에 온 것은 이 아이를 만나고 집으로 데려가기 위해서였다. 평생 한 번도 겪어보지 못한 또렷한 예지가 나를 감쌌다. 이 아이로 인해 나의 삶이 크게 바뀌게 될 것이고 그 변화는 앞으로 내게 남은 모든 나날에 평생토록 영향을 미칠 것이었다. 내가 바라든, 바라지 않든.

나는 대답하는 대신 택시 앞좌석을 향해 말했다. 시외버스터미널로 가주세요. 택시가 출발하자 혜수는 나를 바라보며 어색한 미소를 지었다. 나도 혜수를 보며 웃어 보였다. 내가 그랬듯, 혜수 역시 다시는 돌아오지 않겠다는 생각을 하고 있을 것만 같았고 그건 사실이었다.

우리는 하염없이 걸었다.

반쯤 무너진 폐가 앞에 아무렇게나 세워두었던 우리 차를 지나쳤다. 첫 취업을 하자마자 36개월 할부로 산 중고 경차였다. 할부가 아직 몇 개월 남았던 것 같은데, 이제 갚을 수가 없게 되었구나 싶어 웃음이 났다. 그러고 보니 그렇구나, 공과금도 월세도 내지 않는데 집은 어떻게 될까. 월요일인 내일 내가 출근하지 않으면 회사에는 무슨 일이 일어날까. 그런 것들을 곰곰이 생각해보다가 또다시 피식 웃었다. 크게 달라지지 않을 거였다. 보증금에서 월세를 제해나가다가 모든 보증금이 사라지는 순간 그 집은 다른 누군가의 집이 될 것이고 회사에선 당장 사흘만 지나도 새로 채용 공고를 올릴 게 틀림없다. 집에 남겨둔 물건들, 회사에서 함께 일하던 동료 직원들의 얼굴 같은 것들을 떠올려봤지만 무엇 하나 미련이 남는 게 없었다. 집이나 좀 청소해두고 나올걸, 뭐 그런 쓸데없는 생각이나 들 뿐이었다.

　혜수야.

　누가 우리를 찾을까.

　혜수야.

　여전히 몇 걸음 앞서 걸어가고 있는 혜수를 불렀다. 대답은 없었다. 혜수는 한들한들 천천히, 그러나 또박또박 걷고 있었다. 꼭 마음속으로 정해둔 목적지를 향해 가고 있는 사람처럼. 여름 밤바람 속 해당화 향이 여전히 짙었다. 혜수는 어디에 가고 싶은 걸까. 그토록 죽고 싶어 했고 이제 소원을 이룬 혜수는.

혜수야.

같이 가자.

종종걸음으로 혜수를 따라잡았다. 가까이 다가가니 혜수는 낮게 노래를 부르고 있었다. 여기까지 차를 타고 오는 동안 들었던 유행가였다.

어디까지 가려고 그래.

물으니 혜수는 대답 대신 어깨를 으쓱하고는 딴소리를 했다.

여기 완전 귀신 나올 것 같지 않니.

그렇네.

새삼 둘러보니 정말 그랬다. 이곳에 마지막으로 온 건 작년이었는데 그때보다 마을은 훨씬 더 쇠락해 있었다. 그때는 밤늦게까지 문을 연 편의점 같은 것도 간간이 있는 평범한 해변 마을이었는데. 무슨 일이 있었는지 몰라도 지금은 꽤 오래 걸었는데도 인기척이 있는 집 하나 없는 완전한 유령 마을이 되어 있었다.

　작년에 우리는 여름 휴가를 보내러 여기 왔었다. 고작 이틀뿐인 휴가였지만 바다에 가고 싶다는 혜수를 위해 서울에서 가까운 곳을 찾다가 여기를 발견한 거였다. 강화도에서도 한참 더 들어와야 나타나는 한적한 섬마을이었다. 예쁜 이름을 가진 해수욕장이 하나 있었는데, 막상 와 보니물때를 잘못 맞춘 탓에 바다에는 물이 하나도 없고 펄만 펼쳐져 있었다. 준비해온 수영복은 꺼내지도 못했지만 대신 갯벌에서 진흙을 파헤치고 서로에게 묻혀가며 신나게놀았었다. 혜수도 즐거웠는지 이후로도 종종 그때 얘기를하곤 했다. 오늘 '죽으러 갈' 장소로 여기를 고른 것도 혜수였다. 그게 정말로 실현될 줄은 꿈에도 몰랐지만.

　그때 참 재밌었지. 우리 갯벌 파고 놀았을 때.

　다시 몇 걸음 앞서버린 혜수의 등에 대고 말했다.

　여기 왜 이렇게 망했냐. 그땐 사람 좀 있었던 것 같은데.

　발 옆에서 별안간 풀벌레가 찌르르찌르르, 엄청나게 큰소리로 울었다. 멈춰 선 혜수가 발치를 물끄러미 내려다보며 말했다.

　지우야, 궁금하지 않니.

뭐가?

우리가 완전히 둘만 남은 건지, 우리 같은 귀신들이 또 있는 건지. 있다면 그들과 우리는 서로 볼 수 있는 건지, 아니면 그냥 여기에 함께 존재할 뿐이고 서로를 볼 수는 없는 건지.

나는 대답하지 않았다. 그 말을 곱씹다 보니 입맛이 썼기 때문이었다. 나는 내가 죽었다는 사실조차 아직 실감이 나지 않는데, 내가 무엇이 된 건지조차 아직 모르겠는데 혜수는 그렇지 않아 보였다. 혜수는 이 상황을 기꺼이 이해하고 받아들이고 있었다. 마치 오랫동안 계획해온 일의 첫 단추를 막 끼운 사람처럼.

……혜수가 입버릇처럼 하곤 했던 죽고 싶다는 말은 진심이었구나.

난 별로 안 궁금한데.

나는 궁금해. 다른 귀신이 있다면 빨리 마주치고 싶다.

마주쳐서 뭐 하게.

그냥 알고 싶어. 다른 사람들도 날 볼 수 있는지.

보면 뭐 하게.

퉁명스럽게 대꾸하며 길섶에 있던 조약돌을 걷어찼다.

몸이 이렇게 된 탓일까, 꽤나 세게 걷어찼다고 생각했는데 돌은 누가 톡 건드린 것마냥 힘없이 도르르 굴러가고 끝이었다. 혜수가 휙 돌아보았다.

난 아무도 나를 못 봤으면 좋겠어. 아니, 아무도 없었으면 좋겠어. 이 세상에 우리 둘만 남은 거면 좋겠어.

혜수는 이번에야말로 다른 귀신을 찾아내겠다는 듯 씩씩하게 다시 앞서 걸었다. 나는 자리에 멈춰 선 채 한 발짝씩 멀어지는 혜수를 바라보았다. 혜수가 바라는 것은 혼자가 되는 것이 아니라 우리 둘만 남는 것, 그러나 그건 혜수가 나를 사랑하기 때문은 아니라는 것을 나는 알고 있었다. 혜수의 세계에서 나는 사랑하는 사람이 아니라 무해한 사람이었다. 혜수를 괴롭히지 않고 평가하지 않는 사람, 가끔은 마음껏 짜증을 부리고 날카롭게 굴어도 절대 곁을 떠나지 않을 사람, 뭐 그런 것. 혜수가 나를 제외한 모든 인간을 유해하다고 여긴다는 사실은 내게 별 위안이 되지 않았다. 내가 되기를 원한 것은 그게 아니었으니까.

나는 벌써 저만치 멀어진 혜수를 향해 빠른 걸음으로 걸었다. 이런 몸이 되어도 여전히 마음은 아프구나, 마음의 고통을 느낄 수가 있구나, 새삼 깨달으면서.

그러고 보면 혜수는 처음 우리 집에 왔던 날부터 죽고 싶다고 했었다.

방 하나짜리, 이렇다 할 가구도 장식품도 없는 초라한 공간에 들어선 혜수는 제집인 양 익숙하게 현관 구석에 배낭을 내려놓았다. 동창회보다는 등산이나 캠핑에 어울릴 법한 커다란 배낭이었다. 그제야 이상하다고 생각해 안에 뭐가 들었느냐고 묻자 짧게 짐, 하고 대꾸했다. 옷이랑 속옷이랑 화장품이랑, 당장 필요한 것들만 조금 챙겼어. 그러고는 여전히 이해가 안 간다는 표정을 짓고 있는 내게 씩 웃으며 말했다.

네가 받아주지 않았으면, 그대로 여행을 갈 거였거든. 한 일주일 정도 아무 데서나 먹고 자려고 했어. 그리고…….

그리고?

그리고 그게 질리면 그땐 죽으려고 했지.

무슨 재미없는 농담이야, 생각하며 나는 미간을 찌푸렸다. 혜수는 그러거나 말거나, 허리를 숙여 벗어놓은 신발을 똑바로 돌려놓고는 방 안으로 성큼성큼 들어갔다. 그 모습을 보니 관자놀이가 지끈거렸다. 애는 자기가 무슨 집사를 간택한 길고양이라도 되는 줄 아나 보지. 죽으려고 했다는 말도 그때는 우습게만 들렸을 뿐이었다. 비록 오프라인 모임에 나가지는 않았지만, 각종 온라인 커뮤니티에서 오래 활동해온 나는 혜수 같은 애들을 열 트럭은 보아왔다. 거기에는 온 세상의 우울증과 불면증 환자들, 냉소주의자들이 모여 있다고 해도 과언이 아니었다. 습관처럼 자살을 얘기하며 삶을 내던지는 데 아무런 미련이 없는 것처럼 구는 사람들. 막상 그들의 삶을 들여다보면 다른 이들의 것과 크게 다르지 않았다. 마음의 상처, 트라우마, 요즘 세상에 뭐 그런 거 하나쯤 없는 사람이 어디 있담. 혜수도 어쩌면 나처럼 커뮤니티 중독자일지도 모르지. 무슨 커뮤니티 하냐고 슬쩍 물어볼까. 화장실 문을 열고 안을 기웃거리는 혜수를 보며 나는 멋대로 그런 생각을 하고 있었다.

근데, 나 여자 좋아해.

혜수의 등에 대고 툭, 그렇게 말한 건 그 생각의 끝에 삐죽 튀어나온 악의의 끄트머리 같은 것이었다. 나도 뭐 만만한 삶을 살아온 건 아니다, 같은 유치한 어필이랄까. 물론 그뿐만은 아니었다. 사실 시외버스를 타고 서울로 오는 내내 이 생각만 하고 있었다. 말할까, 말하지 말까. 말한다면 언제 어떻게 말할까. 말하면 어떻게 될까. 온라인을 제외하면 지금까지 나는 누군가에게 내 성 정체성을 밝힌다는 건 생각조차 해본 적이 없었다. 이런 고민을 해야 할 만큼 가까이 지내는 사람도 없었고 설령 있었대도 말하지 않았을 거였다. 게다가 그 상대가 거의 초면에 가깝지만 끌림을 느끼고 있는, 그러나 아마도 이성애자일 여자라니. 어떤 반응을 보일까. 도망칠까, 동정할까, 받아들일까, 이도 저도 아닌 애매한 반응일까. 가슴을 두근거리며 반응을 살피고 있는데 혜수가 돌아서더니 물었다.

그럼, 네가 나를 좋아할 가능성도 있다는 거야?

그렇지.

사실은 이미 좋아하고 있을지도, 같은 대답을 하지 않을 정도의 이성은 남아 있었다. 혜수는 그 말을 듣고 뭔가를 곰곰이 생각하는 듯했다. 그러더니 잠시 후 말했다.

그럼 됐어.

뭐가 돼?

난 누군가한테 좋아함을 당해본 적이 없거든. 나는 네가 날 좋아하는 것처럼 널 좋아하지는 않겠지만, 그렇다고 네가 날 좋아하는 게 나쁜 건 아닌 것 같아.

대체 그게 무슨 소리냐고 묻기도 전에 혜수는 화장실로

쪽 들어가 문을 닫아버렸다. 이윽고 안에서 크게 물을 트는 소리가 들렸다. 용변을 보려는 모양이었다. 나는 닫힌 화장실 문을 하릴없이 바라보며 방금 들은 말을 곱씹었다. 그러니까, 나를 사랑하진 않겠지만 네가 날 사랑하는 건 상관없다 이건가. 전혀 예상치 못한 대답에 헛웃음이 났다. 당황스럽긴 했지만 기분이 나쁘지는 않았다. 불쾌하게 생각하려면 충분히 불쾌할 수 있는 말이었는데도 그랬다.

그날 밤, 내 좁은 침대에 혜수와 나란히 누워 잠을 청할 때에야 깨달았다. 왜 그 말이 불쾌하지 않았는지를. 비록 자기는 같은 것을 줄 수 없다고 못 박긴 했지만, 적어도 혜수는 내게 자기를 좋아하도록 허락해주었다. 그걸 이상하게도 나쁘게도 여기지 않고서.

그러자 갑자기, 아주 평화로운 무엇인가가 나를 부드럽게 감싸는 것이 느껴졌다.

문득 어릴 적 술래잡기를 하며 놀던 때가 떠올랐다. 우리 동네 술래잡기에는 특이한 룰이 있었는데, 가로세로 두 걸음 정도로 발금을 그어둔 좁은 땅에 들어가면 딱 10초 동안은 술래에게 잡혀도 술래가 되지 않았다. 지금 나는 꼭 그 공간 안에 서 있는 것 같은 느낌이었다. 영원하거나 완전하진 않지만 이곳은 적어도 내가 서 있어도 되는 곳, 잠시 동안만큼은 마음 편히 머물러도 되는 곳이었다. 그거면 됐지 않을까.

그렇게 생각하려는 차에 문득, 갑자기 어두운 생각이 마음을 뒤덮었다. 그런데 그 잠시 동안이란 어느 정도일까. 언제까지일까. 알 수 없었다. 다음 날 아침에 일어난 혜수는 부스스 돌아갈 준비를 할지도 몰랐다. 이 정도면 됐다면서, 즐거운 일탈이었다면서.

참 이상한 일이었다. 아침까지만 해도 이 방에 누군가와 함께 돌아오리라고는 꿈에도 생각하지 못했는데, 더구나 상대는 말이 좋아 고등학교 동창이지 오늘 처음 본 사이나 다름없는 이성애자인데. 혜수가 돌아간다는 생각을 하자 갑자기 눈물이 날 것만 같았다. 뭐야, 나 이렇게까지 외로웠나. 스스로도 어이가 없고 황당했지만 그랬다.

몰라, 아무튼 안 외롭고 잘됐지 뭐. 나는 생각하기를 관두고 잠을 청했다. 깊게 잠든 혜수의 숨소리가 색색, 귀를 간지럽혔다. 그나저나 혜수는 무엇을, 왜 떠나왔을까. 왜 죽고 싶을까. 무슨 이유가 있는 걸까. 그렇다면 내게 그것을 알 기회가 오기나 할까. 생각하다 잠이 들었다.

결론부터 말하자면, 그 기회는 오지 않았다.

혜수는 그날부터 3년을 나와 함께 살았다. 그러나 끝내 말해주진 않았다. 자신이 무엇으로부터 도망쳐왔는지, 자신을 그토록 괴롭히는 것이 무엇인지를. 물론 오랫동안 함께 지내면서 조금씩 짐작되는 부분은 있었다. 혜수가 가족에 대한 얘기를 전혀 하지 않는 것이나 달랑 가방 하나를 들고 나온 혜수를 누구도 찾지 않는다는 사실, 팔뚝 안쪽이며 허벅지에 낭자한 스스로 그은 듯한 오래된 흉터들에서. 궁금했지만 묻지 않기로 했다. 함부로 이야기를 꺼냈다간 혜수가 도망쳐버릴 것만 같았다. 여기도 안전하지 않다고 느낄 것 같았다.

나는 마지막 학기를 마치자마자 취직을 했고 직장과 가까운 동네에 조금 더 넓은 집을 얻었다. 운전면허를 따고 중고차를 산 뒤에는 그걸 타고 새벽마다 여기저기를 쏘다니기도 했다. 호수공원, 북악스카이웨이, 청계천 광장. 모두 혜수가 좋아하는 곳이었다.

지난 3년 동안 나는 혜수를 행복하게 해주려고 무진 애를 썼다. 행복해지면, 모든 불행했던 일들을 그땐 그랬지 생각하며 흘려보낼 수 있을 만큼 행복해지면 그땐 말해줄지도 모른다고 믿으면서. 그리고 혜수를 행복하게 하는 일은 아주 쉬웠다. 혜수는 달콤한 커피, 재미있는 영화, 매일 밥을 먹으러 오는 길고양이, 고작 그런 것들에도 곧잘 웃곤 했으니까.

하지만 그게 끝나면 혜수는 다시금 죽고 싶어 했다. 특히 그런 생각이 극심해지는 건 주로 밤이었는데, 그럴 때면 무슨 말을 해도 혜수를 말릴 수 없었다. 차에 태워서 어디 먼 곳으로 데려간 뒤 바람을 쐬어주며 조곤조곤 달래는 것이 그나마 통하는 방법이었다. 그런 순간들에도 왜 그러느냐고는 차마 묻지 못하고, 나는 대신 이런 말들을 했다. 네가 죽으면 나는 어떡해. 네가 없으면 나는 너무 외로울 거야. 네가 죽지 않았으면 좋겠어. 진심이었지만 어딘지 공허하게 들리는 그런 말을 한참 동안 하고 나면 혜수는 조금 진정되어 다시 차에 올라탔다.

매일이 그런 날들이었다.

모든 것이 좋아질 듯 좋아지지 않았고 다만 혜수가 좋았던 날들.

외롭지 않은 건 아니었다. 혜수의 마음이 내 마음과 같지 않다는 것을 알고 있었으니까. 다만 혜수가 있어서 조금 덜 외로웠다.

그거면 됐다고, 진심으로 생각하고 있었다.

발 앞에서 어둠이 한 톤씩 걷히고 있었다.

날이 밝나.

그런가 보다.

날이 밝으면 우리, 사라지나.

그럴지도.

중얼거리며 우리는 계속 걷고 또 걸었다.

방향은 알 수 없었지만, 처음 출발할 때 방파제를 등지고 걷기 시작했으니 아마 우리는 섬 가운데로 들어가고 있는 게 아닐까 싶었다. 길은 끊겼다가도 다시 나타났고 또 갑자기 끊겼다. 이 마을이, 아니 이 땅 자체가 하나의 거대하고 망한 미로 같았다. 진흙탕 길이 이어지다 돌연 아스팔트로 바른 매끈한 도로가 나타나기도 했다. 어차피 우리는 길이 아니어도 걸을 수 있었으므로 상관없었지만.

오랫동안 걸었으나 사람도, 귀신도 하나 마주치지 않았다. 가끔 나타나는 도로에도 지나가는 차 한 대 없었다. 그럴 만한 곳이긴 했다. 살았든 죽었든 누구도 이런 곳에 오래 있고 싶지는 않을 테니까. 그래도 혜수는 조심스럽게 사방을 둘러보며 걸어가고 있었다. 여긴 아무도 없는 것 같으니 우리 좀더 번화한 곳엘 가볼까, 하고 말하려다 그만두었다. 혜수라고 그런 생각을 못 했을 것 같진 않았다. 어쩌면 혜수는 그냥 믿고 싶은 걸지도 모른다, 우리가 아무에게도 보이지 않는다는 걸. 그렇다. 혜수가 생전에 원했던 건 정확히 말하자면 죽는 것보다는 누구의 눈에도 보이지 않게 되는 것이었을지도 모른다. 만약 그렇다면, 혜수와 여기 그냥 머물면 어떨까. 쓸쓸하고 자유로운 두 귀신으로.

나는 혜수의 발뒤꿈치를 뚫어지게 노려보며 걸었다. 짧고 두서없는 생각들에 잠깐씩 빠졌다가 정신을 차리면 주변은 더 밝아져 있었다. 진한 남색, 밝은 남색, 어두운 하늘색, 밝은 하늘색.

그러다 문득, 혜수가 우뚝 멈춰 섰다.

끝이다.

혜수가 말했다.

무심코 고개를 들었다가 깜짝 놀랐다. 몇 걸음 앞은 낭떠러지였다. 무신경한 거인이 대충 끊어낸 듯한 모양새로

땅이 뚝 끊겨 있었다. 나도 모르게 위험해, 하며 혜수를 끌어당겼고 그리고 나서야 둘이 얼굴을 보며 피식 웃었다.

떨어지면 어떻게 될까.

우리는 절벽 끄트머리로 걸어가 아래를 내려다보았다. 그렇게까지 높지는 않았지만 아래에 울퉁불퉁 날카로운 돌들이 솟아 있었고 그 사이를 혼탁한 바닷물이 휘돌고 있었다.

뛰어내려볼까.

어떻게 올라오려고 그래.

하긴 그렇네.

혜수는 낭떠러지 끝에 다리를 늘어뜨리고 앉았다. 나도 그 옆에 앉으니 눈에 들어오는 건 온통 하늘뿐이었다. 귀퉁이가 점점 밝아지고 있는, 엷은 물색의 넓고 넓은 하늘. 저절로 가슴을 펴게 만드는 풍경이었다.

이렇게 좋아도 될까.

혜수가 꿈꾸듯 말했다.

이런 거였어. 내가 원했던 건.

나는 대답 대신 혜수의 손을 찾아 쥐었다. 우리는 손을 꼭 쥔 채로 다리를 달랑거리며 먼 하늘을 바라보았다. 우리의 발 저 밑에서 철썩철썩, 파도가 낭떠러지 벽에서 부서지고 있었다.

우리도 저렇게 부서지게 될까.

아마 그렇지 않을까.

그거 너무 좋다. 너어무 좋아.

혜수가 밝게 말했다. 그 말에 대답하듯, 하늘 귀퉁이로 갑자기 갈매기 떼가 우르르 날아올랐다. 까악까악 우짖던 새들은 절벽 바로 아래 튀어나온 바위에 일제히 내려앉았다. 멀리 보이는 새하얀 머리들이 아름다웠다. 저 새들도 죽을까. 죽으면 이런 것이 될까. 생각하는데 혜수가 나를 불렀다.

지우야.

어어, 대답하며 돌아보니 혜수가 이를 보이며 히히 웃고 있었다.

뭐야.

……내가 무슨 말 할지 알지?

아니, 모르겠는데.

에이, 알잖아.

몰라.

모르면 말고.

뭐래. 좋아한다고 할 것도 아니면서.

어어, 아쉽게도 그건 아니네.

확 밀어버린다.

장난스레 혜수의 양쪽 어깨를 붙잡았을 때였다. 혜수가 그대로 나를 끌어안았다. 깜짝 놀라 그대로 굳어버린 내 귀에 혜수가 속삭였다.

고맙다고. 그때도 그렇고 지금도 그렇고 아마 앞으로도, 고맙다고.

나도 엉겁결에 팔을 뻗어 혜수의 좁은 어깨를 안았다. 혜수의 어깻죽지에서 아주 옅은 해당화 향기가 났다. 나는 코를 깊게 박은 채 그 향을 들이마셨다. 그러자 문득 말도 안 되는 생각이 들었다. 혹시 이 절벽, 이곳이 세상의 끝은 아닐까. 우리가 세상의 끝에 다다른 거라면. 그럴 수밖에 없었다. 이토록 아름다운 곳이, 온 사위가 밝아지며 점점 빛 속으로 잠겨 들고 있는 이곳이 세상의 끝이 아니라면 어딜까. 우리 둘 말고는 아무도 없는 이곳이.

그렇다면 여기서 이대로 끝나도 좋다, 라고 생각했다.

난 이제 됐어.

내 생각을 읽은 것일까, 내 어깨에 얼굴을 묻은 혜수가 작게 말했다.

나도.

진심으로 그렇다고 생각하며 나는 대답했다.

머리 위에서 아주 천천히, 해가 뜨고 있었다.

아홉 번의 생

첫 번째 삶은 어미의 젖도 채 떼지 못하고 끝났다.

나는 한 소프라노 가수에게 배달된 선물이었다. 그의 대기실에 도착한 수많은 꽃과 선물 상자 가운데 내가 든 바구니가 있었다. 목에 파란 실크 리본을 매고 있었는데, 나를 어미에게서 떼어놓은 이의 말에 의하면 그것은 내 눈동자의 색깔과 어울리는 색이었다. 아무튼 나는 뚜껑 닫힌 바구니 안에서 잠이 들었다가, 이윽고 누군가 살금살금 다가오는 소리에 눈을 떴다. 그러나 뚜껑을 연 것은 선물의 주인이 아니었다. 무대 분장을 한 얼굴에 여드름이 잔뜩 돋은, 수수한 드레스를 입은 젊은 여자였다. 그 여자는 나를 보며 질투 가득한 표정을 짓고는 별안간 실크 리본을 쥐고 내 목을 졸랐다. 나는 발톱도 한번 휘둘러보지 못하고 죽고 말았다.

두 번째 삶은 즐거웠다. 나는 부둣가에 사는 노란 암고양이의 새끼로 태어났다. 함께 태어난 네 마리의 형제자매들과 방파제를 뛰어다니며 그럭저럭 활기찬 유년 시절을 보냈다. 보잘것없었지만 먹이는 끊이지 않은 덕분이었다. 항구에 뱃고동 소리가 울리면 우리는 우르르 달려가서 배를 기다리곤 했다. 선원들이 잡아 온 고기를 구멍 뚫린 상자에 가득 채우며 작은 고기나 다듬은 생선 내장들을 부두에 버렸는데, 그것들은 이 부두뿐만 아니라 도시에 사는 모든 고양이가 먹고도 남을 만큼의 양이었다. 우리는 매일 실컷 먹었다. 음식이 풍족했으므로 영역 다툼을 할 필요도, 새 영역을 찾아 나설 필요도 없었다. 그래도 조심성 많고 오래 산 내 어미는 우리에게 몇 가지 주의해야 할 것들을 가르쳤다. 눈깔이 허옇게 바랬거나 배가 부풀어 있는 생선은 먹지 말라는 것, 갈매기들은 흥미로워 보이긴 하지만 잡을 수도 없고 잡을 필요도 없으니 관심 갖지 말라는 것, 그리고 배에서 방금 내린 선원들은 지치고 예민해져 있으니 그들에게 다가가지 말라는 이야기도. 우리는 어미의 말을 유념했고 덕분에 한 마리도 죽지 않은 채 모두 성묘가 되었다. 나는 그중에서도 가장 강하고 커다란 고양이였다. 앞은 자리에서 큼직한 생선을 다섯 마리는 먹어치웠고 아무 데나 똥을 쌌다.

내가 살았던 부두에는 용도를 알 수 없는 굵은 쇠 파이프가 2미터쯤 되는 간격으로 줄지어 박혀 있는 곳이 있었는데, 나는 한 번도 발을 헛디디지 않고 그 위를 연달아 뛰어 순식간에 파이프 끝까지 갈 수 있었다. 그러면 지나가는 사람들이 환호성을 지르고 웃었다. 음식을 던져주는 일도 있었다. 한번은 정육점 주인 여자에게 비계 달린 큼직한 고깃덩어리를 얻어먹기도 했다. 그러나 내가 자주 그 짓을 했던 건 꼭 뭔가를 얻어먹고자 하는 생각에서는 아니었다. 아무튼 다섯 해쯤 산 어느 날, 여느 때처럼 나는 첫 번째 파이프에 기어올라가 다음 파이프를 향해 사뿐히 뛰기 시작했다. 그러자 그때 갑자기 기다렸다는 듯, 항구에서 바다를 향해 거센 바람이 한 줄기 불었다. 마지막 파이프에 다다르기 전 나는 처음이자 마지막으로 발을 헛디뎠고 바다로 떨어지고 말았다.

세 번째 삶은 평온했다. 나는 한 여자의 고양이가 되어 오랫동안 충성스러운 애정을 주고받으며 살았다. 그 여자는 결혼하지 않고 평생을 혼자 지냈는데, 그래도 애인은 가끔 있었다. 그들에게도 귀여움을 흠뻑 받은 것은 물론이었다. 나는 검고 윤기 나는 털에 샛노란 눈동자를 갖고 있었는데 그 여자의 애인 가운데 하나는 나와 그 여자를 함께 캔버스에 그리기도 했다. 그러나 그들은 시간이 지나면 약속이나 한 듯 여자를 떠났다. 그럴 때마다 여자는 침대에 쓰러져 펑펑 울었다. 나는 매번 꼬리를 빳빳이 세우고 여자의 주변을 맴돌았고 또 좋은 사람이 나타날 거야, 나도 이번 놈은 별로였어, 말하며 열심히 위로했다. 알아들은 것 같진 않았지만 어쨌든 여자는 금세 회복했고 일상을 되찾은 것처럼 보였다.

내가 꽤 나이 들고 살찐 고양이가 되었을 무렵, 여자는 도심에서의 생활을 정리하고 숲속에 있는 통나무집으로 이사를 했다. 창밖으로 호수가 가까이 보이는 집이었다. 이럴 것을 알고 그 집을 구한 건 아니겠지만, 어쨌든 그다음 해에 여자는 스스로 그 호수에 뛰어들었다. 나는 여자를 뒤따라가긴 했으나 물에 뛰어들어 구하려고는 하지 않았다. 전생의 기억 때문에 나는 물은 항상 조심해야 한다는 것을 알고 있었으니까. 아무튼, 사려 깊게도 여자가 나가면서 문을 조금 열어둔 덕분에 나는 숲속이 아닌 따뜻하고 익숙한 집에서 생을 마감할 수 있었다.

　네 번째 삶은 지루하고 고통스러웠다. 나는 한겨울의 어느 가난하고 복잡한 골목에서 태어났다. 함께 태어난 여덟 마리 가운데 가장 작고 연약했다. 먹이는커녕 젖도 한번 제대로 물어보기 힘들어 이번 생은 글렀구나, 생각했는데 어느 날 독이 든 고기를 저들끼리 나누어 먹은 어미와 형제자매들이 한꺼번에 나자빠져 죽고 말았다. 어쨌거나 나 역시 어미 없이는 살아남을 수 없는 몸이었기에 곧 그들을 따라가게 되겠다 생각하며 추위에 몸을 내맡기고 그저 울고 있었다. 그때 웬 노인이 나타나 나를 주무르고 매만지며 체온을 나누어주었다. 그 김에 그 노인의 집에 잠시 의탁했다. 따뜻한 돌봄을 받은 건 아니었다. 먹이와 온기는 그 노인에게도 부족했으므로. 그러나 적어도 추위는 피할 수 있었고 나는 노인의 집을 자유롭게 들락거리며 지냈다. 어느 날 돌아갔을 때 문이 닫혀 있기 전까지는. 그러고 나니 갈 곳이 없어져 이전의 어미가 그랬듯 골목 생활을 했다. 즐거울 일도 슬플 일도 없는, 오직 살아 있기에만 바쁜 나날이었다. 그러다 어느 밤 술에 취한 남자에게 배를 걷어차였다. 한 번에 죽었으면 차라리 좋았을 것을 내장이 애매하게 다쳤는지 며칠이나 왈칵왈칵 피를 토해야 했다.*

그리고 다섯 번째 삶은, 뭐랄까, 좀 특별했다.

그 애가 처음으로 내 삶에 모습을 드러낸 생이었으니까.

나는 한 회계사 가족의 고양이였다. 빨간 벽돌이 붙은 2층짜리 집에 부부와 아이 셋, 그리고 나와 미키라는 불도그 한 마리가 살았다. 미키는 머리가 나쁜 편이었고 오로지 음식과 놀이에만 관심이 있었다. 그것은 아이들도 마찬가지였다. 위로 둘은 사내아이였고 셋째는 여자아이였는데 셋 다 귀염성이라고는 손톱만큼도 찾아볼 수 없었다. 나는 가족 중에서는 그들의 어머니를 가장 좋아했다. 원래는 막내딸이 크리스마스 선물로 고양이를 받고 싶다고 우겨서 이 집에 오게 된 것이었으나, 나를 맡아서 돌본 것은 그 여자였다. 사려 깊고 마음씨가 고운 이 에이미라는 여자는 젊었을 때는 배우가 되고 싶어 했다는데, 그게 우스꽝스러운 꿈으로 들리지 않을 만큼 얼굴도 예뻤다. 음식 솜씨도 좋았는데 특히 생선을 요리한 날은 내게도 꼭 맛을 보여주곤 했다. 나는 기쁘게 그르렁거리며 그의 발목에 몸을 비비는 것으로 감사를 표했다.

---

* 고양이의 네 번째 삶은 다음 작품을 오마주했다.
　황정은, 〈묘씨생猫氏生〉, 《파씨의 입문》, 창비, 2012.

그러던 어느 날, 저녁 식사를 하던 회계사가 말했다. 오랫동안 비어 있던 옆집에 내일 새 가족이 이사 온다는 말을 들었다고. 그러면서 그는 아무 생각 없이 그 가족의 성을 말했는데, 그때 에이미의 눈이 순간 반짝 빛나는 것을 나만이 보았다. 얼른 고개를 숙여 얼굴을 감추었지만 나는 뭔가 이상한 낌새를 눈치챘다.

그리고 사흘 뒤 월요일, 회계사는 사무실로, 세 아이들은 학교로 간 후에 혼자 남은 에이미는 이웃집으로 갔다. 그는 한참 동안 돌아오지 않았으므로 나는 빈집을 하릴없이 돌아다니며 뭔가 흥미로운 것이 없는지 찾고 있었다. 그러다 2층으로 올라갔을 때였다. 우리 집 복도 창문과 옆집의 복도 창문은 서로 바짝 붙어 있었는데, 나는 옆집 창가에 무언가 못 보던 것이 생겨나 있다는 사실을 깨닫고 창틀로 훌쩍 뛰어 올라갔다.

그리고 처음으로 그 애를 보았다.

그것이 무엇인지 나는 한눈에 알아보지 못했다. 지난 네 번의 생애 동안 나는 그 같은 것을 본 적이 없었다. 화분에 심겨 있는 무엇이라는 것은 알 수 있었다. 사람들은 다양한 형태의 그릇에 풀이나 나무를 심어 집 안에 들여놓곤 했으니까. 그런데 그 애의 모양은 그런 것들과는 조금 달랐다. 잎도, 꽃도 없이 길쭉한 원통형인데다 온몸에 가시가 돋아 있었다. 저게 뭐지, 나는 창문에 얼굴을 갖다 대고 그를 관찰했다. 아무리 보아도 그게 무엇인지 도통 알 수가 없었다.

우연히도 며칠 뒤, 나는 그 애를 더 가까이서 볼 기회를 얻게 되었다. 에이미가 이웃집을 방문하면서 나를 안고 갔기 때문이었다. 그의 집은 내가 사는 집보다 훨씬 삭막해보였다. 가족은 부부 둘뿐인 듯했는데, 그때는 아내 혼자만이 집에 있었다. 그 여자는 나를 보고 몹시 좋아했다. 에이미는 그 여자가 웃으며 나를 쓰다듬는 것을 지켜보다 말했다.

"로즈, 너 고양이 좋아했었지."

여자가 대답했다.

"그랬었지, 하지만 남편이 싫어해서 못 키워."

두 여자가 차를 끓인다며 부엌으로 간 사이, 나는 소리 없이 2층으로 가는 계단을 올랐다. 그 애를 좀더 자세히 볼 생각이었다. 그 애는 그 자리에 있었다. 가까이서 보니 더욱 신기한 모양새였다. 키는 쭉 뻗은 내 몸통만 했고, 거기

촘촘하게 돋은 가시는 내 수염보다는 짧았지만 충분히 위협적으로 보였다.

"너는 뭐지? 식물인가, 동물인가? 아니면 이도 저도 아닌 다른 것인가?"

나는 물었다. 그러자 즉시 대답이 돌아왔다.

"그러는 너는 뭐지? 식물인가, 동물인가? 아니면 이도 저도 아닌 무엇인가?"

깜짝 놀란 나는 그 애의 앞에서 나동그라지는 추태를 보이고 말았다. 대답이 들려오리라고는 전혀 예상하지 못한 데다, 그 목소리가 예상 외로 너무나 근엄하고 아름다웠기 때문이었다. 정신을 차리고 수염을 가다듬은 나는 다시 한 번 창틀로 뛰어 올라가 그의 옆에 서서 말했다.

"나는 고양이, 세상에 다섯 번째 태어나 지금은 이 옆 붉은 벽돌집에 의탁 중이다."

그 애는 한참 동안 아무 말도 하지 않았다. 나는 정신을 집중하고 대답을 기다렸다.

"……그러고 보니 그렇군."

아주 오랜 시간이 흐르고 나서야 그 애가 말했다.

"뭐가 그렇다는 거지?"

"이전에 너와 비슷한 것들을 보았다. 그들은 털이 금빛이었고 너보다 훨씬 작았기에 한눈에 알아보지 못했군. 자신들을 사막 고양이라고 했던가."

"사막?"

"내가 살던 장소다."

"어떤 곳이지."

"이곳과는 전혀 다른 곳. 한 달 밤낮을 가도 뜨거운 황금색 모래와 태양만이 있다."

"내가 한 번도 태어나본 적이 없는 곳이군. 먹이도 물도 부족한 동네일 것 같은데."

그에게는 얼굴이 없었지만, 그 순간 나는 그가 미소 짓고 있다는 것을 알 수 있었다.

"내게는 먹이가 필요 없어. 아주 적은 물만 있으면 충분하지."

어떻게 그게 가능하냐고 물으려던 참이었다. 아래층에서 발소리가 들리더니 두 여자가 2층으로 올라왔다. 무슨이야기를 했는지 두 사람 다 얼굴이 벌겠다. 이제 돌아가야 해. 남편이 올 거야. 에이미가 말하며 나를 안아 올렸다. 나는 발을 버둥거리며 내려놓으라고, 이 녀석과 더 이야기를 하고 싶다고 열심히 신호를 보냈으나 소용없었다. 에이미의 품에 안겨 얌전히 집으로 돌아가는 수밖에 없었다.

그날 밤 나는 사막 꿈을 꾸었다. 찬란한 황금빛 모래가 발가락 사이를 부드럽게 파고드는 기분 좋은 곳이었다. 발자국을 남기며 사박사박, 끝없이 걸었다. 사방 천지 어디를 보아도 하늘과 모래뿐이었다. 땅을 마구 파헤쳤지만 내가 판 모래 구멍은 자꾸만 저절로 메워졌다.

그 뒤로 에이미는 아침부터 바쁘게 집안일을 하기 시작했다. 그건 점심 이후에는 옆집에 가서 시간을 보내기 위해서였다. 한번은 회계사가 그 집에 너무 자주 가는 것 아니냐고 물었는데, 에이미는 옆집 여자가 고양이를 너무 좋아한다며 내 핑계를 댔다. 내게는 좋은 일이었다. 옆집에 갈때마다 에이미는 꼭 나를 안고 갔으니까. 일단 옆집에 들어가고 나면, 에이미는 나를 내던지다시피 내려놓고 곧장 옆집 여자를 끌어안았다. 그러고는 침실로 들어가 문을 닫았다. 방 안에서 커튼을 급하게 끌어당기는 소리가 들렸다. 일단 그 소리가 들리고 나면, 아이들이 학교에서 돌아오는 오후 4시까지는 안심이었다. 나는 햇빛이 잘 드는 그 집 창가에 가로누워 그 애와 많은 이야기를 나누었다.

내가 살아온 지난 네 번의 생에 대해 말하자 그 애도 자기 이야기를 해줬다. 그 애는 선인장이라는 식물인데 원래는 아주 더운 곳에서 무리 지어 살아가는 일족이라고 했다. 어미의 배 속에서 태어나는 우리 고양이들과 비슷하게도, 그들은 우선 어미의 줄기에서 불거져 나온 뒤 땅에 떨어져 새 뿌리를 얻는 순간 독자적인 새로운 삶을 시작한다나. 그렇다면 지금 너의 어미는 사막에 있느냐고 물으니 그 애는 잠시 말이 없다가 이윽고 그럴 거라고 대답했다. 거대한 선인장의 뿌리를 파내는 일은 쉽지 않으며, 그토록 큰 선인장은 아주 오랫동안 비가 오지 않아도 말라 죽지 않는다면서.

나와 그 애는 공통점이 많았다. 우선 둘 다 지금 의탁하는 집에 선물로서 도착했다는 점이 그랬다. 나는 회계사가 막내딸에게, 그 애는 옆집 여자의 남편이 여자에게 준 선물이었다. 옆집 여자, 로즈의 남편은 항해사였는데 배를 타고 전 세계를 돌아다니며 집에는 반년에 한 번 정도씩만 들르는 것 같았다. 어느 더운 나라에 상륙한 그 남자는 시장에 갔다가 이 선인장 화분을 발견했고, 가시에 수십 번 찔려가며 소중히 안고 돌아와 아내에게 선물한 뒤 다시 집을 떠났다고 했다. 그리고 또 다른 공통점은 집에서 그다지 소중하게 돌봄받지는 못하고 있다는 것이었다. 그 애는 생존을 위해 아주 적은 양의 물만을 필요로 했지만 로즈는 그마저도 자주 잊곤 했다. 하지만 상관없었다. 나는 입에 물을 머금고 와 그 애의 화분을 축여주었다. 그 애는 그것으로 충분해했다.

언젠가부터 나는 말을 적게 하게 되었다. 대화를 주고받는 것도 좋았지만, 그보다는 그 애의 낮은 목소리를 가만히 듣고 있는 것이 더 좋았다. 네가 살아온 곳에 대해서 더 말해줘. 물을 빨아올릴 때면 어떤 기분인지 궁금해. 너의 가시가 너를 아프게 하지는 않니? 다른 동물을 만나본 적은 없고? 예를 들면, 음, 다른 고양이 말이야. 그러면 그 애는 대답했다. 사막 고양이들은 너와 달랐다. 그들은 먹이를 찾거나 포식자에게서 도망칠 궁리만 하고 있었지. 다른 동물들도 마찬가지고. 이렇게 오랫동안 이야기를 나눠본 건 네가 처음이다. 나는 그 말이 기뻐서 수염 끝이 반짝거리는 것 같은 기분이 들었다. 왜지, 왜 이런 하잘것없는 사실이 이토록이나 기쁜 것일까. 알 수 없었고 그저 매 순간이 즐거웠다.

　에이미는 3시 30분이 되면 로즈의 침실에서 나왔다. 둘은 수없이 키스하고 속살거리며 한 덩어리가 되어 현관문 바로 앞까지 걸어갔다. 그러나 나를 안아 들고 문을 여는 순간, 에이미는 다시 정숙한 회계사의 아내이자 세 아이의 엄마로 돌아갔다. 마치 이웃집을 방문해 평범하고 지루한 사교 활동을 하고 막 귀가하는 부인처럼. 하지만 에이미를 본 누구나 느낄 수 있었다. 그의 가슴속에서 엄청난 행복이 활활 타오르고 있다는 사실을. 눈동자에서, 머리카락에서, 다리를 감싸며 흔들리는 옷자락에서 순수한 기쁨과 충만이 불꽃처럼 튀었다.

　그리고 그것은 내게도 마찬가지였다. 로즈의 집에 가기 직전까지 나는 그 애에 대한 생각만 했다. 그 애를 만나면 무슨 이야기를 할까. 어떤 얘기를 해야 지난번처럼 웃어줄까. 내가 모은 보잘것없는 수집품 가운데 혹시 그 애가 좋아할 만한 건 없을까. 한번은 막내딸이 머리를 묶는 데 사용하는 방울 달린 고무줄을 훔쳐다가 그애에게 가져다준 적이 있었다. 그애는 그 샛노란 방울이 사막에서 올려다보던 태양과 비슷하게 생겼다며 흡족해했다. 이상한 일이었다. 선물을 준 건 나인데 오히려 내가 더 기뻤으니까. 그 뒤로 나는 예쁘고 반짝이는 것이 있으면 보이는 족족 침대 밑에 물어다 놓았다가 그 애에게 가져다주었다. 그 애의 화분 주변은 곧 내가 선물한 물건들로 가득 찼다.

그러던 어느 날, 계절이 서서히 바뀌어 여름이 되었을 무렵이었다. 나는 지붕 위를 걸어가고 있었다. 높은 곳에서 아래를 내려다보며 주변에 별다른 일이 생기지는 않았나 감시하고 정찰하는 것은 내 일과 중 하나였다. 지붕 끝에는 내가 항상 웅크려 있곤 하는, 볕이 잘 드는 곳이 있었다. 그 지점으로 한들한들 걸어가며 나는 여느 때처럼 그 애를 생각했다. 햇빛 아래 반짝이던 그 애의 모습이며 그 애와 나누었던 얘기들을. 그러자 늘 그랬듯 빛나는 기쁨이 내 가슴을 가득 채웠다. 어디선가 상쾌한 여름 바람이 불어와 내 털을 쓸었다. 그때 문득 한 가지 생각이 머리를 스쳤다.

지금 이게 혹시 사랑이라는 것일까?

나는 곰곰이 생각했다. 다섯 번의 삶을 통틀어 한 번도 해보지 않은 생각이었다. 사랑이란 뭘까. 가슴에 뿌듯하게 들어찬 이 기쁨은 대체 어디서 오는 것이란 말인가. 두 번째의 삶에서 나는 부둣가의 늠름한 대장 고양이였으므로 여러 암컷과 내키는 대로 짝짓기를 할 수 있었다. 그러나 거기엔 기쁨이 전혀 없었다. 세 번째 삶에서는 나를 길렀던 여자가 평생 누군가를 사랑하고 또 사랑하는 것을 지켜보았다. 그럼에도 불구하고 사랑이 무엇인지는 끝내 알지 못했다.

하지만 이제는 알 것 같았다. 사랑이 정말 존재한다면 그건 바로 이런 것이 아닐까. 내 시간은 로즈의 집에 있을 때 외에는 낭비였고 내 언어는 그 애와 대화를 나눌 때가 아니면 무의미했다. 그 애의 기둥 주위로 몸을 둥글게 말고 내 가슬가슬한 혀로 기둥을 쓰다듬을 때, 나는 그 애의 가시에 찔릴까 두려워하기보다는 내가 그 애의 가시를 다치게 할까 봐 걱정했다. 나는 또 그 애의 모든 것을 알고 싶었다. 뿌리와 단면을 보고 싶었고 사막의 모래와 태양이, 밤이면 그 애의 머리 위로 쏟아졌을 은하수가 궁금했다. 나는 먹이를 조르는 새끼 고양이처럼 그 애에게 들러붙어 그것들을 말해달라고 했고 같은 이야기를 수백 번 들었지만 매번 새로웠다.

그러나 그것을 사랑이라고 정의 내린 순간부터 새로운 고통 역시 깨달았다. 나는 내가 그 애에게 가진 마음이 그 애가 내게 가진 마음과 같을지, 다를지, 다르다면 무엇이 어떻게 다른지, 어떻게 해야 나와 조금이라도 더 같아질 수 있는지를 끊임없이 생각했다. 내가 품은 것이 사랑이라는 사실을 깨달은 직후부터, 나는 내 것과 같은 것을 그 애에게 받고 싶었다. 아니, 받아야만 했다. 그것만이 이 감정의 존재 의미이자 내 삶의 이유처럼 여겨졌다.

하지만 어떻게?

연약한 내 심장은 그 고통을 오래 견디지 못했다. 며칠 뒤, 나는 그 애에게 참지 못하고 이렇게 물었다.

"나를 사랑해?"

그러자 그 애는 되물었다.

"사랑이 뭐지?"

"매일 함께 있고 싶은 것. 모든 것을 알고 싶은 것. 끊임없이 생각나는 것."

나는 즉답했다. 그 애는 아주 오랫동안 생각에 잠겼다. 그런 일은 평소에도 자주 있었지만, 그때만큼 속이 탔던 적은 없었다. 나는 떠도는 햇빛과 그 속에 춤추는 먼지를 바라보며 기다렸다.

이윽고 그 애는 이렇게 말했다.

"그렇다면 나는 너를 사랑하지 않는 것 같다."

"왜지?"

"너와 함께 있는 건 즐겁지만, 네가 돌아가고 나면 나는 너 말고도 다른 것들을 생각하니까."

"무엇을?"

"많은 것을. 우주와 모래, 태양과 별, 동식물과 광물 들."

나는 대답하지 못했다. 내가 마음에 상처를 입었다는 것을 알았는지, 그 애는 아무 말도 하지 않았다. 그날은 그렇게 어색한 침묵만 흐르다가 끝나고 말았다.

다음 날, 평소처럼 로즈의 집에 갈 채비를 한 에이미가 나를 찾았으나 나는 소파 밑에 틀어박혀 나오지 않았다. 다시는 그 애를 볼 수 없을 것 같았다. 미움은 아니었다. 그 애가 무슨 말을 하더라도, 설령 내 사랑을 비웃고 무시하더라도 나는 그 애를 미워할 수 없다는 걸 알고 있었다. 나는 단지 부끄럽고 가슴이 아팠다. 먼지투성이 소파 밑에 웅크려 끊임없이 자책했다. 내가 좀더 멋진 말을 할 줄 알았더라면. 좀더 부드러운 털결과 아름다운 목소리를 가졌더라면. 좋은 선물을 더 많이 가져다주었더라면. 그랬다면 그 애의 마음과 생각이 조금이라도 더 오래 내게 머물렀을 테고 결국에는 뭔가 달라질 수도 있지 않았을까. 아니 내가 고양이가 아니라 선인장, 그 애와 같은 선인장이었다면. 우리는 뿌리를 얽고 물을 나눌 수도 있지 않았을까.

나는 먹이도 물도 입에 대지 않았다. 부질없는 회상과 후회만이 내 공허한 배 속을 가득 채우고 있었다. 어쩌면 너무 성급하게 굴었는지 모른다는 생각도 들었다. 다섯 번째 생을 살고 있는 나조차 사랑을 처음 경험하는 터였다. 나의 마음과 우리의 관계를 알아갈 시간을 좀더 주었어야 했는데. 그런 생각을 하면 그 애가 미치도록 보고 싶었지만, 내게는 2층 복도의 그 창문에 얼굴을 내밀어 그 애의 모습을 먼발치에서 훔쳐볼 만큼의 용기도 없었다. 그 애는 내가 오지 않는 것을 어떻게 생각하고 있을까. 쓸쓸하다고 생각할까. 아니면 전혀 신경 쓰지 않을까. 늘 그랬듯 입을 꾹 다물고 멀리 있는 것들을 떠올리느라 이미 나는 까맣게 잊었을까. 그런 생각을 할 때면 나는 야우우우, 온 집안에 울리도록 큰 소리를 내며 울었다.

그러나 그로부터 얼마 지나지 않아 나는 그마저도 후회하게 되었다. 며칠 뒤에 벌어질 일을, 다시는 그 애를 볼 수 없을 것이라는 사실을 알았다면. 그런 쓸데없는 생각들로 시간을 낭비하지 않았을 것이다. 어떻게든 집을 빠져나가 그 애에게 갔을 것이고 온 마음을 담아 부탁했을 것이다. 다음 생에서는 꼭 다시 만나자고. 어느 곳에서 어떤 모습으로든 다시 한번만 내게 나타나달라고. 기회를 달라고. 그러나 그 말을 할 수 있는 시간은 끝내 주어지지 않았다.

여느 때처럼 에이미는 로즈의 집에 가고 없었고, 나는 나른하고 어지러운 채로 거실 양탄자 위에 누워 그 애와 나눈 이야기들을 곱씹고 있었다. 그때 갑자기 어지러운 발소리와 함께 문이 벌컥 열렸다. 들어온 것은 놀랍게도 회계사였다. 벌게진 얼굴의 회계사가 뒤따라 들어오는 에이미의 손목을 잡아 집 안으로 밀쳐 넣고는 문을 쾅 닫았다. 나는 깜짝 놀라 펄쩍 뛰며 소파 밑으로 들어가 동태를 살폈다. 회계사는 황소처럼 거친 숨을 내쉬었고 에이미는 울고 있었다. 나는 한 번에 모든 상황을 이해했다. 둘이 격렬한 말싸움을 벌이는 동안 나는 웅크려 숨은 채 생각했다. 다시는 그 애를 볼 수 없게 되었구나.

회계사의 일 처리는 내 생각보다 훨씬 빨랐다. 당장 그날 저녁, 대문 바깥에 집을 내놓는다는 표지판이 내걸리더니 그 주 주말에 우리는 이사를 했다. 회계사는 출근하지 않았고 아이들도 학교에 가지 않았다. 인부들이 가구를 포장해 바깥으로 나르는 동안, 미키까지 온 가족이 우울한 표정으로 거실에 모여 앉아 마차를 기다렸다. 나는 회계사가 에이미를 감시하고 있다는 것을 알았다. 혼란한 틈을 타 로즈의 집에 숨어들어 작별 인사를 하지 못하도록. 나는 2층 복도로 올라갔으나 옆집의 모든 창문에는 커튼이 단단히 닫혀 있었다. 이윽고 나는 대바구니에 담겨 마차에 실렸다. 아주 먼 곳으로 간다는 것을 알 수 있었다.

새로 옮겨간 곳은 이전보다 훨씬 작고 낡은 집이었다. 얼마 지나지 않아, 나는 그 집에서 죽었다. 내 몸은 죽기 꽤 오래전부터 바짝 말라 볼품없었지만 누구도 내게 관심을 기울이지 않았다. 이전에는 시끄러운 소음과 생기가 넘치던 집이 이제는 무덤 속처럼 조용하고 음울해졌고 그 속에서 에이미는 혼이 빠져나간 사람처럼 온종일 허공만 바라보고 있었다. 오히려 나로서는 다행스러운 일이었다. 나 역시 죽음에 대해서만 생각하고 있었으니까. 내게는 더 이상 목숨을 지속할 이유가 없었다. 내 유일한 희망은 단 하나였다. 이번 생에서 안 된다면 다음 생에서는 어떨까. 내가 죽어 어딘가에 다시 태어난다면, 거기서 너를 만난다면. 네가 나를 알아보지 못해도 나는 너를 알아볼 수 있을 것이다. 그리고 어쩌면 그때는 이번 생과는 다른 일들이 벌어질 수 있을지도 모른다. 물론 희박한 가능성이었지만 나는 그것을 믿으며 안락한 죽음만을 기다렸다.

다행히, 오래 걸리지 않았다.

여섯 번째 생은 운이 좋지 않았다. 어미의 배 속에서 밀려 나와 눈을 뜨자마자 그것을 알았다. 나를 낳은 어미는 영국의 한 유서 깊은 캐터리에서 태어나 길러진 순혈 페르시안 고양이였다. 전 세계의 캣쇼에서 여러 번 우승을 차지했다는 그에게는 혈통서와 가계도만 수십 장이 딸려 있었다. 비슷하게 고급스러운 혈통을 지닌 아비와 신중하게 교배를 했는데 하필이면 내가 그 새끼들 가운데 하나로 태어난 것이었다. 이대로 자란다면 분명 좋은 먹이와 따뜻한 보살핌을 기대할 수 있었겠지만, 내가 원하는 것은 자유로이 돌아다니며 어딘가에 존재할지도 모를 그 애를 찾는 것이었다. 나는 어미의 젖을 물지 않았다. 일부러 등이며 배를 물어뜯어 듬성듬성 털이 빠진 자국도 만들었다. 예상대로, 얼마 지나지 않아 캐터리 주인은 나를 다른 새끼들 틈에서 집어내 목을 졸랐다.

일곱 번째 생은 어느 시골 마을의 방앗간에서 시작되었다. 그 마을은 주민 모두가 밀이며 보리를 빻아 가루 내는 일을 생업으로 삼고 있었으므로 쥐가 큰 골칫거리였다. 내 어미와 아비는 둘 다 그다지 뛰어난 쥐잡이는 아니었지만 어쨌든 좋은 대접을 받고 있었다. 어미는 발정기마다 매번 새끼를 배었고 그때마다 방앗간 주인은 가장 덩치가 크고 날쌔 보이는 새끼 한 마리만을 남겼다. 이번 생은 그 애를 찾기에 꽤 좋은 조건이라고 생각되었으므로 나는 살아남으려고 애썼다. 그러나 이미 어미의 배 속에서부터 적자는 정해져 있는 것이나 다름없었다. 대가리가 가장 크고 앞발이 굵은 맏이를 제외하고, 나머지 새끼들은 죄다 눈을 뜨기도 전에 물이 가득 찬 양동이에 처넣어졌다.

여덟 번째 생은 나쁘지 않았다. 그 애를 찾지는 못했지만. 나는 유독한 연기가 가득한 공장 지대에서 태어났다. 무거운 것을 실은 트럭들이 밤낮없이 빠르게 지나다니는 골목이었는데, 어미는 나를 낳은 지 얼마 되지 않아 트럭 중 하나에 깔려 죽었다. 함께 태어난 새끼들은 모두 꼼짝 없이 굶어 죽었으나 나는 먼저 죽은 형제들의 배설물을 먹으며 악착같이 살아남았다. 쥐새끼를 잡아먹고 구정물을 핥을 수 있을 만큼 자라자 곧 시작했다. 어딘가에 어떤 모습으로 존재할 그 애를 찾는 일을.

나는 갈 수 있는 곳에는 모두 갔고 보이는 모든 존재에게 말을 걸었다. 식물은 물론이고 인간을 포함한 동물, 심지어는 돌멩이나 시멘트 조각에도 희망을 품었다. 이봐, 혹시 전생을 기억해? 선인장이라는 식물로 살았던 존재를 만난 적 있어? 사막이 뭔지 알아? 로즈와 에이미라는 여자들은? 대부분은 나를 미쳤다는 듯 쳐다보거나 아예 무시하고 지나쳤다. 내가 그 애를 모르던 생애들에서 그랬듯이, 내가 마주치는 존재들은 대개 생존 그 자체 외에는 관심이 없었다. 그들에게는 먹이와 깨끗한 물을 구하고 더 강한 교미 상대를 찾아 안전하게 새끼를 낳아 기르는 것만이 중요했다. 식물들도 마찬가지였다. 한곳에 뿌리를 내려 자라는 그들에게도 목숨을 유지하는 것은 쉽지 않은 일이었다. 거리의 식물들은 빛과 물을 조금이라도 더 얻을 수 있는 방향으로 줄기를 뻗고, 주변의 식물들과 자리를 다투어가며 뿌리를 내리는 일에만 골몰했다. 그런 이들은 나를 쓸모없는 생각에 빠져 삶을 낭비하는 공상가로 취급했다. 때로는 걱정스럽게 충고하기도 했다. 이봐, 곧 겨울이 올 거야. 이 도시의 겨울은 혹독하다고. 나는 그들에게 꼬리를 까딱여 고마움을 표시하고 계속 나아갔다. 그들의 말도 틀린 것은 아니었다.

계절이 여러 번 바뀌는 동안 나는 아주 먼 길을 걸었고 많은 일을 겪었다. 인간에게 밥을 얻어먹기도, 때로는 배를 걷어차이기도 했다. 어느 날은 거리에 내놓은 화분에 말라 죽은, 그 애와 비슷하게 생긴 선인장 근처에서 하루 밤낮을 지새웠다. 너무 오래 걸어 발바닥이 닳아 피가 배었다가 굳은살이 되었다. 어느 고양이 무리에게 쫓기다 달리는 차에 꼬리를 다치기도 했다.

그러면서 알게 된 것은 모든 동식물이 전생의 기억을 가지고 있는 것도, 여러 번 다시 태어나는 것도 아니라는 사실이었다. 이 사실을 가르쳐준 것은 시궁창에 살고 있던 늙은 고양이였다. 그는 별별 것을 다 알고 있었지만 아주 늙어 곧 죽을 것처럼 보였고, 심각한 피부병 때문에 한쪽 눈을 잃은 데다 몰골도 눈 뜨고 볼 수 없는 지경이었다. 때문에 그는 오래전 무리에서 떨어져나와 시궁창의 은신처에서 죽을 날을 기다리고 있었다. 나는 며칠을 그와 함께 머물며 그가 씹기 좋은 부드러운 먹이들을 구해다 주었다.

대신 그의 삶에 대해 이야기를 부탁했다. 그는 아홉 번째의 생을 살고 있다고 했으니, 혹시 그가 살아온 어떤 생 중에 그 애가 존재했을지 모르는 일이었으니까. 그는 흔쾌히 자신의 삶에 대해 들려주었다. 과연 흥미진진한 이야기였다. 그는 마피아 보스의 고양이였던 적도 있었고, 정글의 고양이였던 적도 있다고 했다. 하지만 그가 아홉 번을 살면서 마주한 모든 생명 중 그 애와 흡사하게 느껴지는 존재는 없었다. 며칠에 걸친 그의 이야기가 끝나자 나는 정중히 감사를 표했고 이제 떠나겠다고 했다. 그러면서 당신은 곧 열 번째 생애를 시작할 것 같으니, 그때 혹시 나를 다시 만나게 되거든 꼭 아는 체를 해달라고 덧붙였다.

"열 번째 생을 살았다는 고양이는 본 적이 없네."

그는 머리를 갸웃거리며 말했다. 한쪽 눈이 멀었기 때문에 눈앞의 것을 똑바로 보려면 그는 뱀처럼 자꾸 머리를 좌우로 움직여야 했다.

"그리고 모든 존재가 다시 태어나는 것도 아니고, 태어난다 해도 모두가 전생을 기억하는 것도 아니야. 그러니 설령 내게 열 번째 삶이 주어진다고 한들 자네를 알아볼 수 있을지는 모르겠구먼."

"그게 무슨 말이죠?"

"내가 아는 한, 길짐승 가운데서는 오직 고양이들만이 생을 반복하네. 우리는 시대를 넘나들며 다시 태어날 수 있지. 나나 자네가 그랬던 것처럼 말이야. 그러나 어떤 이들은 자신의 전생을 전혀 기억하지 못하거나, 기억한다 한들 아주 특징적인 몇 가지 사건들만 무의식에 새겨진 정도에 그치기도 해. 예를 들어 지난번 어떤 생에서 물에 빠져 고통스럽게 죽었다면 이번 생애에서도 이유 없이 물가에 가는 것을 두려워하는 것이지. 그들도 자신이 왜 그러는지는 모르는 채로 말이야."

"그렇군요."

나는 습관적으로 앞발을 핥고 있었는데, 혀를 집어넣는 것도 잊은 채 그의 말을 듣고 있었다. 고양이들만이 다시 태어난다니, 그러면 그 애는 다시 태어나지 않았을지도 모른다. 지금까지 모든 가능성을 열어두긴 했지만, 나는 내심 그 애 역시 나처럼 다시 선인장의 모습으로 태어났으리라 믿고 있었다. 내 여덟 번의 생이 모두 털이나 눈동자 색은 달랐지만 어김없는 고양이였던 것처럼 그 애도 그러리라 생각했던 거였다.

"게다가 자네, 모르고 있는 모양인데, 고양이의 생은 아홉 번까지가 마지막이야. 아홉 번을 넘게 태어나는 고양이는 없다네."

"뭐라고요? 그건 또 왜 그렇습니까?"

"난들 알겠나. 이 모든 것을 만든 고양이가 그렇게 정해둔 것을. 아무튼, 아홉 번을 살면서 수많은 것을 보고 들었지만 열 번째를 살았다는 고양이는 본 적이 없어."

나는 새로운 충격에 휩싸였다. 정말일까? 반신반의하며 나는 지금까지의 생을 하나하나 세어보았다. 틀림없는 여덟 번째였다. 그렇다면 이번 생을 제외하면 겨우 한 번밖에 기회가 없다는 뜻이었다.

"그거 확실한 얘깁니까?"

다그쳐 묻자 그는 피식 웃으며 수염을 다듬었다.

"여덟 번이면 적게 산 것은 아닌데, 자네는 아직도 어린 고양이처럼 구는군. 이 세상에 확실한 건 없다는 걸 지금도 모른단 말인가?"

옳은 말이었다. 나는 머리를 숙이고 물러났다.

은신처에 그를 혼자 남겨두고 나와 생각에 잠겼다. 그의 말대로 확실한 것은 없었지만, 곰곰이 생각해보니 나 역시 열 번째 생을 살고 있다는 고양이는 지금껏 만나본 적이 없는 것 같았다. 나는 쓰레기 더미 위에 웅크리고 네 다리를 안으로 굽혀 넣어 생각하기 편한 자세를 취했다. 어떻게 해야 할까.

나는 아직 이 세계가 얼마나 넓은지 알지 못한다. 내가 태어난 시대 역시 매번 조금씩 달랐다. 한 개의 세계에서 시대가 앞뒤로 바뀌고 있는 것인지, 아니면 한 가지의 시대를 가진 세계가 여러 개 있는 것인지조차 알 수 없었다. 어쨌든 이번 생에는 지금까지의 모든 생을 통틀어 가장 멀리까지 왔고 가장 많은 것을 본 셈이었다. 그러나 그 애를 찾기는커녕 비슷한 존재, 혹은 그 애를 안다는 이조차 아직 만나보지 못했다. 어쩌면 그 애가 이 세계에 존재하지 않는 건 아닐까.

나는 앞발과 배를 꼼꼼히 핥았다. 혀에 느껴지는 털의 감촉이며 맛이 예전 같지 않았다. 태어난 이래로 계절이 몇 번 바뀌었더라. 시궁창의 저 고양이만큼은 아니지만 나도 꽤 나이가 들어 있었다. 지금까지는 몸이 노쇠하는 것을, 아니 생이 끝나는 것을 전혀 신경 쓰지 않았었다. 무한히 다시 태어날 수 있다고 믿었으므로. 그러나 만약 저 늙은 고양이의 말이 맞다면. 그 애를 다시 만나지 못하고 목숨이 끝나버린다면.

"이봐, 그만 포기해."

어느샌가 등 뒤로 다가온 늙은 고양이가 말했다.

"자네는 아직 세계가 얼마나 크고 넓은지 몰라. 세계는 무한히 반복되면서 서로 아주 짧은 찰나만을 겹친 뒤 다시 헤어진다고. 그 사슬 속에서 자네가 원하는 것을 찾기란 거의 불가능해."

"알고 있습니다."

"앞으로 한 번 남은 삶이야. 삶을 소중히 여기라고. 지금이라도 가서 자네를 받아줄 무리를 찾아봐. 어쩌면 좋은 인간에게 거둬져서 편안한 여생을 누릴 수도 있겠지. 아무튼 길은 많아. 가서 자네의 삶을 살으라고."

늙은 고양이는 수세미처럼 뻣뻣한 꼬리로 내 꼬리를 한 번 감더니 돌아섰다. 나는 그가 은신처로 엉거주춤 기어 들어가는 모습을 지켜보며 또 한 번 생각에 잠겼다. 나의 삶을 산다는 것은 어떤 것일까. 나의 삶이란 뭘까. 아무리 생각해도 나의 삶은 그 애를 빼면 아무것도 없었다. 낮에는 그 애를 만날 수 있다는 막연한 희망과 기대만이 나의 네 발을 움직이는 동력이었고 밤에는 그 애와 이야기를 나누었던 나날들을 되새기며 피로와 배고픔을 잊었다. 이제 내게서 그 애를 뺀다면, 그 애를 찾는 일을 포기한다면 뭐가 남을까.

오랫동안 생각했지만 아무것도 없었다.

그렇다면.

더 이상 그에게 들을 말은 없었으나 나는 그 근처에 좀 더 머물렀다. 그가 곧 죽을 거라는 사실을 알고 있었기 때문이었다. 며칠 뒤 그의 숨이 끊어진 것을 확인하고, 들개나 너구리가 물어가지 않도록 시신을 하수도 아래 파묻어주고 나서 나는 다시 길을 떠났다.

또다시 많은 일이 일어났다. 경험은 쌓였으나 무엇도 쉬워지지는 않았다. 유난히 혹독했던 겨울을 한 번 지낸 뒤, 내 몸은 급격히 늙고 약해졌다. 자꾸 깨져나가는 물렁한 발톱에서, 축축한 콧잔등에서 시간이 얼마 남지 않았다는 것을 느낄 수 있었다. 다음 겨울은 버틸 수 없을 거였다. 그럴수록 나는 더 멀리 움직이고 더 많은 이를 만나려 애썼다. 영양가 있는 먹이를 사냥하거나 따뜻한 잠자리를 찾는 일에는 시간을 낭비할 수 없었다. 그럴수록 몸은 더욱 약해질 수밖에 없다는 걸 알고 있었지만 어쩔 수 없었다.

그해 가을이 되어갈 무렵이었다. 운 나쁘게도, 어느 하천가에서 잠잘 만한 곳을 찾던 나를 들개 세 마리가 보고 있었다. 그들 모두가 오래 굶어 앙상하게 갈비뼈가 드러나 있는 것을 보고 나는 생이 끝날 것을 예감했다. 그들은 나를 포위했고 급할 것도 없다는 듯 천천히 다가왔다. 나는 그들에게 마지막으로 물었다.

"당신들, 혹시 사막이라는 것에 대해 압니까."

그들은 대답 대신 이빨을 드러냈다. 날카롭고 누런 이빨 사이로 침이 뚝뚝 흘렀다. 나는 눈을 감았다. 온 마음을 다해 기원했다.

다음번 생이 정말로 마지막이라면, 그때는 제발 그 애를 만날 수 있기를.

만날 수 없다면 같은 세계에 존재한다는 증거라도 알 수 있기를.

그마저도 알 수 없다면, 그저 어느 세계에 잘 살아 있기를.

무탈하기를.

이윽고 들개들이 동시에 몸을 날렸다. 어둠 속에서 그들의 안광이 번쩍 빛났다.

　일격에, 나는 숨이 끊어졌다.

　그리고 아홉 번째 생에서는.

　나는 어느 대학교 앞, 낡은 빌라와 원룸이 다닥다닥 붙은 골목에서 태어났다. 어미는 길에서 사는 고양이치고는 아주 덩치가 컸고 건강했다. 돌보아주는 사람들이 있었기 때문이었다. 내 어미는 그들이 스티로폼과 낡은 담요로 만들어준 안전한 은신처에서 나를 낳았다. 다음 날 아침, 여자 두 사람이 나타나 어미에게는 말린 생선을 끓인 국물을, 우리 새끼들에게는 달콤한 냄새가 나는 무슨 죽 같은 것을 작은 종지에 담아주었다. 무엇인지는 도통 알 수 없었지만 그건 아홉 번의 생애를 통틀어 먹어본 것 중 가장 맛있는 음식이었다. 우리는 모두 종지에 얼굴을 파묻고 정신없이 먹어치웠다. 두 사람은 그런 우리를 보고 즐거워하며 숫자를 세었다. 하나, 둘, 셋, 넷, 다섯, 여섯…… 여섯 마리나 낳았네. 다 너무 이쁘고 너무 건강하네. 그런 말을 저들끼리 조용조용 주고받고는 금세 멀찍이 자리를 비켰다.

　그 여자들은 거의 매일 왔다. 가까운 곳에 살고 있는 듯했다. 어미는 그들이 이미 익숙한 듯, 그들 앞에서도 거리낌 없이 누워 배를 드러내고 젖을 먹이곤 했다. 하루는 그것을 의아하게 바라보는 내게 어미가 말했다. 저 사람들은 괜찮아. 저들은 내가 너만 할 때부터 날 돌봐줬단다. 그러고는 웃으며 덧붙였다. 너는 똑똑하구나. 그 말을 듣고 나도 미소 지었다. 인간의 무서움을 모르는 내 어미가 아직 한두 번의 생밖에 살아보지 못했다는 것을 짐작했기 때문이었다.

아무튼 그들이 지키고 돌보아준 덕분에 나는 무럭무럭 자랐다. 다행한 일이었다. 이번이 마지막 생이라면 하루도 낭비할 여유는 없었으니까. 발톱과 이빨이 제법 굳어지고 작은 부전나비 정도는 사냥할 수 있게 되자 나는 떠날 준비를 시작했다. 마침 겨울도 끝나가고 있었다. 좋은 타이밍이었다. 성묘가 된 채로 다음 겨울을 맞을 수 있을 테니까.

마침내 늦은 봄이 되자, 나는 어미를 떠나 홀로 길을 나섰다.

이 세계는 지금까지 살아본 곳 중 가장 복잡하고 번다한 세계인 것 같았다. 어딜 가나 차와 사람이 넘쳤고 밤에도 시끄러운 소음이 끊이지 않았다. 고양이가 살기에 좋은 환

경은 아니었지만, 어쩐지 나아가면 나아갈수록 희망이 생기는 곳이기도 했다. 이렇게 생명으로 꽉꽉 찬 장소라면 여기 어디에는 그 애도 있지 않을까. 지난번 생과 마찬가지로 나는 눈에 띄는 생물들에게 닥치는 대로 말을 걸며 돌아다녔다. 지난 생을 기억하십니까? 선인장이라는 식물을 보신 적은요? 아직 새끼 티가 역력한 몸집 탓인지, 다행히 마주치는 이들 대다수가 내게 친절하게 굴었다. 어린 것이 무엇을 그리 찾느냐며 저들 영역 안에 잠잘 곳을 내어주는 고양이들도 있었고 때로는 사람들에게서 길쭉한 비닐에 든 죽을 얻어먹기도 했다. 고마운 일이었지만 내가 원하는 건 단순한 호의가 아니었다. 내게 필요한 건 정보와 단서, 그리고 충분한 시간이었다. 나는 한곳에 오래 머무르지 않았고 만난 이들과 길게 대화를 나누지 않았다.

그렇게 한 계절을 다섯 번쯤 반복했을 무렵, 드디어 기적이 일어났다.

새벽, 거리에 세워진 트럭 아래에 막 잠자리를 구했을 때였다. 트럭 옆에 사람들이 음식물을 내버리는 길쭉한 통이 세 개 있었고 밑으로는 하수구가 있었다. 그런 장소는 쥐들이 곧잘 다니곤 했으므로, 운이 좋으면 쉽게 사냥을 할 수도 있는 곳이었다. 당시에는 그다지 배고프지 않았지만 어쨌든 나는 쥐가 튀어나올지 모른다고 생각하며 하수구 구멍을 지켜보고 있었다. 그때, 우연하게도 정말로 시궁쥐 한 마리가 구멍으로 머리를 쏙 내밀었다. 쥐가 나를 보기도 전에, 그리고 내가 그것이 쥐라는 것을 인식하기도 전에 내 앞발이 먼저 움직였다. 앞발에 힘껏 눌린 쥐는 꼼짝달싹 못하고 나를 바라보았다. 나는 앞발의 힘을 조금 늦추었다.

"지금은 별로 배가 고프지 않아. 피곤하기도 하고."

쥐는 당연히 잽싸게 도망치려 했으나, 나는 그놈의 꼬리를 탁 누르고 물었다.

"혹시 너는 전생에 선인장이었던 존재를 아는가?"

별로 큰 기대를 한 것은 아니었다. 그런데 그 쥐는 대뜸 이렇게 대답했다.

"압니다. 선인장이란 모래에서 자라는 가시투성이 식물을 말하는 것이지요? 전생에 그것이었다고 말하는 자를 압니다."

얼마나 놀랐는지, 나는 전신의 털이 쭈뼛 서서 병 솔 같은 모양이 되고 말았다. 동공이 확 커지자 순식간에 주변이 낮처럼 밝게 느껴졌다. 나는 양 앞발에 발톱을 세우고 쥐를 꼭 붙들었다.

"지금, 지금 뭐라고 했지?"

"놓아주십시오. 배가 고프지 않다고 하시지 않으셨습니까. 제발 놓아주세요."

"아는 것을 모두 말한다면 절대로 너를 해치지 않겠다. 말해라. 그건 누구지? 쥐인가? 식물인가?"

"식물입니다. 작은 나무지요. 여기서 멀지 않은 곳에 있습니다."

얼른 믿어지지 않는 말이었다. 나는 쥐의 새까만 눈동자를 찬찬히 들여다보았다. 혹시 살아남기 위해 되는대로 거짓말을 지어내고 있는 건 아닐까. 쥐라는 족속들은 대부분 머리 회전이 빠르고 교활한 편이었다.

"자세히 말해라."

"이 길을 쭉 따라가다 보면 번화한 거리가 나온다는 것은 아시지요? 그 끄트머리에 새로 가게가 생겼는데 그 앞에 화분이 세 개 놓여 있습니다. 제가 본 것은 그중 하나입니다."

"그가 네게 전생을 얘기하던가?"

"다른 나무들보다 무늬가 아름답고 잎이 풍성하여 신기

하다 하고 말을 붙였는데, 그가 전생에는 더욱 아름다웠다
며 자신의 얘기를 해주었습니다. 이전에는 선인장이었던
적도 있다면서요."

"더, 더 아는 것은 없나?"

재촉하자 쥐는 고개를 갸우뚱하며 잠시 생각하다가 말
했다.

"선인장이었을 때 그가 살았던 곳은 사시사철 태양이 내
리쬐는 곳이었다고 했습니다. 그곳의 태양은 마치 황금색
방울처럼 커다랗다더군요."

앞발의 힘이 탁 풀렸다. 그때를 놓치지 않고 쥐는 쪼르르
도망가더니 하수구로 쏙 들어가버렸다. 쫓을 생각도 들지
않았다. 황금색 방울. 분명 황금색 방울이라고 했다. 혹시
정말 그 애라면 기억하고 있는 것일까. 내가 물어다 주었던
샛노란 방울이 달린 고무줄을, 그것을 보며 태양을 이야기
했던 그날을. 기다릴 필요가 없었다. 나는 쥐가 말한 방향
으로 날쌔게 달리기 시작했다. 심장이 미친 듯이 뛰고 있었
다. 제발 그 애이기를. 제발 그 애가 맞기를.

금세 번화가에 다다랐다. 사람이며 차를 피해야 한다는
것도 잊고 그저 골목 끝을 향해 뛰었다. 이윽고 길 건너편,

문이 닫힌 가게 앞에 일렬로 놓인 화분 세 개가 보였다. 나는 멀찍이 멈춰 서서 숨을 골랐다. 아마 쥐가 말한 화분은 가운데 놓인 것인 듯했다. 전생의 그 애와 비슷한 크기의 작은 나무였는데, 과연 풍성하게 자란 작은 잎들에 흰 무늬가 아름답게 박힌 것이 눈에 띄는 모습이긴 했다.

어서 다가가 묻고 싶었지만, 이상하게 발이 떨어지지 않았다. 나는 일단 안전한 곳에 숨어 가슴과 호흡을 진정시켰다. 경솔하게 서두른 일을 얼마나 후회했었는지 다시 한번 생각하면서. 나는 우선 혀로 앞발을 적셔 얼굴을 세심하게 다듬고 수염을 문질러 정돈했다. 목소리도 여러 번 가다듬었다. 마침내, 모든 준비가 끝나고 마음이 어느 정도 가라앉아 똑바로 걸을 수 있게 되었을 때에야 나는 숨어 있던 곳에서 나왔다. 화분을 향해 살금살금 다가갔다.

"이봐."

나는 화분을 올려다보며 낮은 소리로 속삭였다.

"혹시 나를 아는가."

죄어드는 마음으로 한참 기다렸지만 대답은 들리지 않았다. 나는 참지 못하고 말을 이었다.

"나는 다섯 번째 생에서 한 선인장을 만난 적이 있다. 푸른 몸통에 아름다운 가시가 여럿 박힌 모습을 하고 있는 이였지. 그는 사막에서 태어나 배를 타고 로즈라는 여자의 집에 도착했다. 우리는 로즈의 집 2층 창가에서 매일 이야기를 나누곤 했다."

아직도 대답은 없었다. 나는 배에 힘을 주고 계속 말했다.

"나는 그 후로 그를 찾아다니며 네 번의 생을 더 살았다. 이제 내게는 더 이상 남은 생이 없을지도 모른다. 그러니 제발 대답해줘. 당신이 그였던 적이 있는지, 그렇다면 나를 기억하는지."

영원 같은 시간이 흘렀다. 나는 네 다리에 단단히 힘을 준 채 기다렸다. 오감이 바짝 예민해져 머리 주변으로 흐르는 바람이며 떠도는 냄새들까지 눈으로 볼 수 있을 것만 같았다. 동시에, 나는 그 어느 때보다 더 강렬하게 그 애를 생각하고 있었다. 마치 지금이 다섯 번째 생의 그 어느 밤인 것처럼, 언제든 마음만 먹으면 에이미의 집 2층 창턱에 앉아 건너편의 그 애를 바라볼 수 있을 것 같았다. 그래, 정말로 앞발을 뻗으면 저 모든 것을 잡을 수 있을 것만 같은……. 다음 순간, 나는 맞은편 창문 너머의 그 애 모습 위로 지금까지 살아왔던 모든 생이 아주 얇은 꺼풀이 되어 흩날리는 듯한 환영을 보았다. 그리고 그 아름다운 환영 속에서 낮은 목소리가 들려왔다.

"……기억해. 오랜만이군."

나는 그 자리에 쓰러졌다.

세계란 참으로 넓고도 복잡하다.

수없이 많은 생명이 서로 관계를 맺고 끊을 때마다 세계는 여러 갈래로 갈라진다. 세계가 빛이라면 관계는 두꺼운 유리 조각과도 같다. 하나의 관계를 통과한 세계는 수십 가지의 색깔로 나뉘며 각기 다른 방향으로 뻗어 나간다. 한번 지나간 빛이 돌아오지 않듯이 세계도 마찬가지다.

그러나 수억만 분의 일의 확률로, 무작위로 내달리던 두 갈래의 빛이 어딘가에서 다시 겹쳐지는 찰나가 있다면.

나는 이제 알고 있었다. 그 찰나를 붙잡아두는 방법을, 그저 소중하고 소중하게 누리는 방법을.

그 애가 있던 곳은 커피와 빵을 파는 가게였고, 나는 그 가게의 고양이가 되었다. 다행히 나를 받아들인 주인 여자는 착하고 다정한 사람이었다. 나는 개들처럼 목줄에 매이지는 않았지만 주인 여자가 준 작은 목걸이를 하나 걸고 있었다. 가운데 달린 작은 금속에 이름이 쓰인 물건이었다. '방울이.' 어미를 닮아 내 몸에도 흰 털에 노란 얼룩이 둥글게 박혀 있었는데, 그것을 보고 지은 이름이었다. 이 또한 기막힌 우연의 일치였다. 나는 이 이름을 기쁘게 받아들였다.

오전에 여자가 와서 가게 문을 열면, 나는 가게 안으로 어슬렁어슬렁 걸어 들어갔다. 카운터 옆에 나를 위해 마련된 종이 상자가 있었다. 나는 거기 들어앉아 나의 일을 시작했다. 손님들을 하나하나 반기고 인사를 건넸고, 그들이 앉은 테이블 밑을 돌아다니며 다리에 얼굴을 비벼주기도 했다. 대부분의 손님이 나를 귀여워했다. 나를 보러 온다는 손님도 많았다. 나는 순식간에 그 거리에서 유명해졌다. 주인 여자는 내 사진을 인쇄해 가게 바깥에 내걸었고, 가게의 대표 음료에 내 이름을 붙여 팔았다. 내가 바라던 것이었다. 주인 여자는 내가 바깥에 내놓은 화분 중 아름다운 잎이 무성한 무늬벤자민 한 그루를 특히나 아끼고 사랑한다는 것을 알고 있었으므로. 여자는 그 애 역시 소중히 돌봐주었다.

그래서 우리는 내내 함께 있을 수 있었다.

밤이 되면 여자는 가게를 닫고 집으로 돌아가면서 화분

을 가게 안으로 들여놓았다. 나는 뒷문에 나를 위해 뚫어둔
구멍을 통해 들어와 그 애 옆에 길게 가로누웠다. 그러고는
새벽이 찾아오고 나의 눈이 기어이 감길 때까지, 질리도록
오래오래 끝없는 이야기를 나누었다. 그 애와 나의 지난 생
들에 대해서, 기적처럼 찾아온 오늘에 대해서, 앞으로 우리
에게 주어진 유한한 나날들에 대해서. 나는 그 애의 몸에 꼬
리를 감고 줄기 속 물관으로 흘러가는 물의 박동을 느끼며
잠들었고 눈을 뜨면 그 애의 가지 사이로 부서져 내려온 햇
빛이 사방에 낭자한 광경을 벅찬 가슴으로 둘러보았다. 그
야말로 더 바랄 것 없는 풍경이었다.

많은 일이 있었지만 대체로 매일이 평화로웠다. 그 애는
점점 무성하게 자라 여러 번 화분을 바꾸었고 가게에는 나
말고도 두 마리의 고양이가 더부살이를 하게 되었다. 덕분
인지 여자의 가게는 점점 커졌다.

나는 점점 둥글게 살이 붙었고 움직임이 느려졌다. 언젠
가 먹이를 씹다 송곳니 두 개가 한꺼번에 빠져버린 탓에,
나는 가게 주인이 가져다주는 부드러운 먹이만 먹을 수 있
었다. 지난번 생에 보았던 늙은 고양이가 그랬듯이. 나는
그를 생각하며 미소 지었다. 이번 생이 서서히, 다해가고

있었다.

반면 그 애는 날이 갈수록 푸르러지고 무성해졌다. 주어진 날을 다 쓰면 죽게 마련인 동물의 생과 달리 식물들은 충분한 물과 빛만 있으면 거의 무한에 가까운 날을 살 수 있었으니까. 그 사실은 내게 큰 위안이 되었다. 오랫동안 지켜봐온 바에 따르면 주인 여자는 믿을 만한 사람이었다. 내가 떠나더라도 그 애는 이곳에서 적절한 보살핌을 받으며 오래오래 지낼 수 있을 거였다.

어느 날 나는 그 애가 드리운 그늘에 가로누워 말했다.

"이번 생도 곧 끝날 것 같아."

그 애는 물었다.

"다시 만날 수 있을까?"

"아마 그렇지 않을 거야."

그러자 그 애는 오랫동안 침묵하다 이렇게 말했다.

"슬프지만 슬프지 않기도 해."

나는 그 말이 무슨 뜻인지 정확히 이해했다.

많은 시간이 지나고, 나는 알게 되었다. 다섯 번째 생에서 나를 절망에 빠뜨렸던 그 질문, 나를 사랑하느냐는 그 질문이 사실은 무의미하고 공허한 덫이었다는 것을. 그때 나는 이렇게 말했었다. 사랑이란 매일 함께 있고 싶은 것, 모든 것을 알고 싶은 것, 끊임없이 생각나는 것이라고. 물론 어느 부분에선 옳았지만, 그것들은 사랑이라는 거대한 우주의 아주 작은 별 하나에 불과했다. 별 하나가 없다고 해서 우주가 우주가 아닌 것이 되지 않듯이 사랑도 그랬다. 사랑을 무엇이라고 정의해버리는 순간, 사랑은 순식간에 작아지고 납작해진다. 누군가를 사랑하는 이가 해야 할 일은 사랑을 확인하는 일이 아니었다. 그저 수천만의 행운이 겹쳐 만들어낸 오늘을 최대한 즐기고 많은 이야기를 나누는 것뿐.

때문에 나는 다음번 생이 없을지도 모른다는 사실은 더 이상 두렵지 않았다.

그저 바라는 것은, 내가 떠난 뒤에도 그 애가 좋은 곳에 있기를.

그뿐이었다.

영원의 소녀

호수에 뛰어들어 스스로 목숨을 끊다니, 그것도 한겨울에. 지금 와서 생각하면 지독해도 이렇게 지독할 수가 없다. 왜 하필 이런 방식을 택했으며 그걸 어떻게 실행에 옮길 수 있었는지, 내가 한 짓이지만 어이가 없을 정도다. 우선 당장 떠오르는 더 쉬운 방법만 해도 스무 가지는 된다. 집에서 목을 매달 수도 있었고 모아둔 우울증 약을 한꺼번에 삼킬 수도 있었고, 음, 그것보단 차의 배기가스를 이용하는 방법이 가장 좋았을지도 모르겠다. 내 차는 2008년형 쎄라토, 그러니까 내뿜는 배기가스의 양으론 따라올 차가 없는 고물 중의 고물이었으니까.

그 많은 방법을 놓아두고 굳이 이곳에 뛰어들기까지의 이야기는 대강 이렇다. 한밤중, 나는 자기 전에 코코아를 마시며 여느 때처럼 창밖의 호수를 바라보고 있었다. 얼어붙은 호수의 표면이 달빛을 받아 새하얗게 빛나는 모습은 꽤 아름다웠다. 호수는 단단하고 두텁게 얼어붙은 것처럼 보였다. 위에서 트리플 악셀을 뛰어도 끄떡없을 것처럼. 하지만 이 동네의 몇 안 되는 아이들은 아무도 저 빙판에서 놀지 않았다. 그건 외지에서 온 내게 덮어놓고 불친절하게 구는 이곳 토박이들이 해준 단 하나의 조언이기도 했다. 얼어붙은 호수 위에 함부로 올라가지 말라는 것. 호수가 아주 깊어 한겨울에도 수온이 크게 떨어지지 않기 때문에, 보기에는 꽁꽁 얼어붙은 것 같아도 실제로는 어린아이 무게도 버티지 못할 만큼 약하다는 거였다. 실제로 아주 오래전, 도시에서 명절을 쇠러 온 어느 집 아이가 호수에 들어 갔다가 얼음이 깨져 죽은 일이 있었다는 것은 나중에 풍문으로 들었다. 유속이 거의 없는 호수였는데도 건져 올린 그 아이는 몸에 걸친 것이 전부 온데간데없어지고 깨끗한 알몸으로, 눈으로 만든 인형처럼 새하얗게 바래 있었다지. 누가 한 말인지는 기억나지 않으나 아무튼 그 사람은 이렇게 덧붙였다. 얼음 구멍에 한번 빠지면 용빼는 재주가 있어도 절대 못 나와. 물밑에선 절대 얼음을 못 깨거든. 빠진 구멍을 찾아서 고대로 되돌아 나오는 수밖에 없는데 그건 불가능하지. 빠지는 순간 떠내려가버리는걸.

빠지는 순간, 그대로, 떠내려간다. 들어간 구멍은, 절대로, 찾을 수 없다. 빛나는 호수를 바라보며 왠지 리드미컬하게 느껴지는 이 문장을 천천히 곱씹었다. 잔 바닥에 남은 코코아를 홀짝홀짝 마저 마셨다. 그러고 나서 이거다, 생각했다.

그뿐이었다.

우습게도 죽을 작정인 주제에 두꺼운 파카에 목도리까지 둘렀다. 혼자 남을 나나, 나의 고양이를 위해 문을 조금 열어두고 나왔다. 평생 집 안에서만 살아온 나약한 녀석이지만 그래도 고양이니까, 어떻게든 살아갈 수 있으려니 생각했다. 마지막으로 나나의 머리를 쓰다듬어주고 나서는 문 앞에 기대놓은 쇠삽을 챙겼다. 딱히 뭘 하려는 건 아니었다. 그저 가는 길에 눈이 많이 쌓여 있으므로 그걸 지팡이처럼 짚어가며 호수까지 갈 작정이었다. 그런데 막상 호수에 다다르니 의외로 삽이 요긴했다. 얼음 위가 생각보다 훨씬 더 미끄러워서 붙잡고 의지할 것이 필요했던 거였다. 쇠삽을 몇 걸음 앞에 내리찍은 뒤 삽자루를 몸 쪽으로 끌어당기며 미끄러지자 보기엔 좀 이상했지만 어쨌든 움직일 수는 있었다. 그런 모양으로 조심조심 호수 가운데를 향해 나아갔다. 내 발밑이 언제 갈라질까, 나를 집어삼키고 다시는 내보내주지 않을 그 구멍은 언제쯤 뚫릴까, 두근두근 그런 생각을 하면서. 그러나 얼음은 생각보다는 단단했다. 깨지기는커녕 갈라지는 것 같지도 않았다. 마침내 팔에 힘이 모조리 빠져버린 어느 시점에 나는 뒤를 돌아보았다. 분명 불을 켜두고 나왔건만, 내 집 창문의 불빛이 보이지 않는 걸 보니 꽤 멀리 온 것 같았다. 호수가 얼마나 큰지 모르겠지만 이쯤 왔으면 거의 한가운데가 아닐까, 그런데도 깨지지 않는 거면 이거 안 깨지는 거 아닌가. 못된 이웃이 나를 겁먹이려고 허풍을 떤 것인지, 올해 겨울이 특별히 추워서 호수가 완전히 꽁꽁 얼어붙은 것인지 고민하며 삽을 푹 내리찍고 거기에 몸을 기댔다.

그러자 그때, 바로 이것을 기다렸다는 듯 얼음이 쩍 갈라졌다.

어어, 할 새도 없이 검은 구멍이 입을 딱 벌렸고 나는 사르르 가라앉았다.

그리고 눈을 떴을 때, 나는 검은 물속에 혼자 있었다.

가라앉은 직후의 기억은 전혀 없었다. 그러니 어쩌면 나는 익사가 아니라 심장마비나 쇼크사를 한 게 아닐까. 평소 운동은커녕 끼니를 잘 챙겨 먹지도 않는 병약한 몸으로 갑작스레 한겨울 얼음물에 빠졌으니까. 아무튼 무겁고 검은 물 아래에서 얇은 필름처럼 일렁이는 모습으로 깨어났다. 보아하니 이곳은 호수 밑바닥인 것 같은데 춥지도 숨이 막히지도 않았으므로 누가 설명해주지 않아도 죽었구나, 하고 이해했다. 이번에는 해냈다. 제대로 해냈다. 중간에 겁을 먹고 멈추지 않았다. 생전 여러 번 그랬듯 어설프게 시도했다가 병원비만 축내지도 않았다. 의도한 건 아니었지만 어쨌든 살고자 흉하게 몸부림치지도 않았다. 그게 기뻐서 우우 아아, 소리를 냈다. 자의로 움직인다기보다는 물에 풀리며 떠내려가는 모양새긴 했지만 팔다리를 펄럭거리며 춤도 추었다.

해냈다, 그걸 기뻐하는 데에만 집중하며 꽤 오랫동안 그 아래 있었다.

그러다 어느 순간 사방이 조금 밝아진 것 같다는 느낌이 들었다. 위를 올려다보자 머리 위로 무언가 반짝반짝 어룽거리고 있었다. 무심코 그걸 잡으려고 손을 뻗다가 깨달았다. 그건 호숫물을 뚫고 여기까지 내려온 빛이었다. 얼어붙었던 호수가 녹았구나. 나는 그대로 꾸물꾸물 몸을 움직여 수면을 향해 올라갔다. 호수가 깊다더니 정말로 꽤나 오랫동안 위로, 위로 올라가야 했다. 그리고 어느 순간 퐁, 하고 머리가 수면을 갈랐다.

주변을 둘러보았다. 널따란 진초록빛 호수 표면에 햇빛이 일렁이며 부서지고 있었다. 눈과 얼음은 온데간데없었고 호수를 둘러싼 나무들은 모두 푸르렀다. 저 멀리 아스라이 보이는 호숫가에는 사람들이 몇 있었다. 나는 둥둥 뜬 채로 눈을 감았다. 구름 한 점 없는 드넓은 하늘, 그야말로 봄이었다. 초봄도 늦봄도 아닌 딱 알맞은 그런 봄. 그런 봄에 나는 죽어 있었다.

그것을 다시금 생각하자 새로운 기쁨이 나를 감쌌다. 나는 쑤욱, 부드럽게 물을 빠져나와 호수 위로 떠올랐다. 퐁, 퐁, 퐁, 수면 위에 아주 작은 동심원을 남기며 호수 위를 뛰었다. 따뜻한 빛이 내 정수리를 통과해 발끝까지 퍼지며 꽁꽁 얼었던 몸을 천천히 녹여주었다. 온몸이 가뿐했다. 나는 봄바람에 나부끼며 빙글빙글 돌았다. 웃음이 나와 견딜 수가 없었다.

너는 증명하는 데 실패했다.

너의 모든 노력은 허사로 돌아갔어.

그것을 깨달으면 너는 어떤 얼굴을 할까.

나에게는 오랜 애인이 있었다.

아니, 그 사람을 단순히 애인이라고 부르기에는 좀 애매하다. 애인이라는 것은 서로 사귀기로 약속하고 상대방 외에는 다른 애인을 만들지 않는 그런 사회적 합의가 있는 관계니까. 그렇다면 다시 말할까. 나에게는 스물한 살에 만나 죽기 직전, 그러니까 서른세 살까지 좋아한 사람이 있었다. 그중에 합의된 애인으로 지낸 기간은 5년 정도. 스물다섯에 헤어졌고 그 이후로는 서로를 뭐라고 정의할 수 없는 애매한 관계로 띄엄띄엄 만나고 헤어지며 지냈다. 서로 만나지 않는 기간에는 각자 다른 애인을 사귀었다. 서로 연락을 했을 때 받지 않는다거나 수신이 차단되어 있으면 그렇구나, 하고 이해했고 이해받았다. 오랜만에 만나서는 서로의 지난 근황을 이야기했다. 그사이 이사를 했고 직장을 옮겼고 새 친구가 생겼다는 이야기를. 그러다가 한쪽이 휙 사라지면 이 또한 그렇구나, 했다. 다음에 다시 나타날 때까지 기다리거나 기다리지 않았다.

그렇다. 어떻게 생각해도 바람직하지 않은 사이다. 좀 구질구질해 보이기도 하고. 어렸을 때라면 모를까, 나이를 먹을 만큼 먹고 난 후에도 우리가 이런 건강하지 못한 관계를 이어간 데에는 아주 단순한 이유가 있다. 서로에게 증명해 보이고 싶었던 것이 있었기 때문이다. 얼마나 오랜 시간이 걸리든, 우리가 어떤 모습을 하고 있든 상관없이.

첫사랑이 대부분 그렇듯, 첫 만남 자체는 시시했다. 카페에서 아르바이트를 하다가 만났다. 다니던 대학교 앞에 있는 2층짜리 프랜차이즈 카페였고 같은 시간대에 다섯 명이 일했다. 말이 카페 알바지, 종일 계단을 오르내리며 커피 내리기부터 막힌 화장실 변기를 뚫는 일까지 온갖 잡일로 손에 물기가 마를 짬이 없었다. 그래도 나는 거기가 마음에 들었다. 다른 곳에선 꿈도 못 꾸는 주휴 수당을 꼬박꼬박 챙겨준다는 점도 좋았고 어두운 갈색 유니폼도 꽤 멋지다고 생각했다. 마음에 드는 구석을 찾으면 가능한 한 오랫동안 눌러앉고 싶어 하는 습관은 그때도 여전해, 아르바이트치고는 오래 머물렀다. 한 해를 꽉 채우고 나니 일이 손에 착 붙은 덕분에 새로 들어오는 아르바이트생들을 도

맡아 가르치기도 했다.

그 사람도 그렇게 가르친 아르바이트생 중 하나였다. 첫인상은 그다지 좋지 않았던 것으로 기억한다. 숫기가 없고 협수룩해 보이는 것이 오래 일할 것 같지 않다 싶었다. 하지만 막상 일하는 모습을 보니 의외로 성실한 타입이었다. 음료 레시피도 금방금방 외웠고 결근이나 지각을 하는 일도 없었다. 사회성이 좋은 편은 아니어서 다른 동료들과 그다지 말을 섞지는 않았다. 가끔 있는 회식에도 매번 불참, 그저 시간이 되면 조용히 나타났고 주어진 일을 하다가 퇴근할 뿐이었다.

어느 날 탈의실에 들어갔을 때였다. 지저분한 천 가방 하나가 바닥에 떨어져 안에 든 것들이 굴러다니고 있기에 무심코 주워 들었다. 그 사람이 메고 다니는 가방이라 눈에 익었으므로 나가서 말해줘야겠다, 생각하며 안에 든 것을 주섬주섬 도로 집어넣는데 그중에 낯익은 게 하나 있었다. 《영원의 소녀》라는 만화책이었다. 나 역시 어렸을 때부터 만화책 읽기를 좋아했고 특히나 그 만화는 아직까지도 꾸준히 챙겨 보고 있던 거라 퍼뜩 반가웠지만 동시에 조금 웃음이 났다. 이건 '영원의 소녀'라는 제목에서도 대충 짐작할 수 있듯 여자애들 취향의 순정 만화였다. 게다가 표지에는 만화 대여점의 바코드 스티커까지 붙어 있었다. 다큰 남자가 대여점을 다니면서 만화책을 빌려 읽다니, 그것도 순정 만화를. 이건 도저히 놀려주지 않고는 그냥 넘어갈수 없다 싶어 낄낄 웃으면서 탈의실을 빠져나왔다. 등을보이고 돌아서서 한창 스무디를 만들고 있는 그 사람에게다가가 말을 걸었다.

"정민 씨도 《영원의 소녀》 좋아해요?"

그러자 그 사람이 퍼뜩 놀라 돌아보았다. 동시에 나도좀 놀랐는데, 함께 몇 달 일했으니 당연히 이름은 알고 있었지만 이렇게 제대로 불러본 것은 처음이라는 걸 자각했기 때문이었다.

그 사실이 왠지 모르게 부끄럽고 민망해져, 말을 걸어놓고 되레 고개를 돌려버린 건 내 쪽이었다. 그리고 그 사람도 말이 없었다. 그저 나를 빤히 바라보고 있을 뿐이었다. 아무 표정도 없는 얼굴이었다. 너무 갑자기 놀렸나, 친한사이도 아닌데. 그러다 잠깐, 혹시 내가 가방을 뒤졌다고생각하는 걸까 싶어 변명하려고 입을 열었을 때였다. 그가윙윙 돌아가고 있는 믹서를 가리켰다. 안에서 샛노란 망고 스무디가 시끄럽게 갈려나가고 있었다. 잠시 후, 믹서가 조용해지자 그가 뚜껑을 열었다. 스무디를 일회용 컵에 탁탁 털어 부으며 그제야 말했다.

"네, 좋아하는데요. 수정 씨도 봐요?"

내가 그의 이름을 제대로 부른 게 처음이듯, 그 역시 내 이름을 제대로 부른 건 그게 처음이었다. 그러나 그러고 나서, 그는 그저 평소처럼 스무디를 담은 컵에 종이 슬리브를 씌웠다. 다 만들어진 스무디를 픽업 바에 슥 밀어놓고는 포스기에 진동 벨 넘버를 찍었다. 그게 이번에는 또 이유 없이 분하고 억울했다. 나는 평소의 나답지 않게 아무 말도 하지 못하고 그가 움직이며 일하는 모습을 바라보며 서 있었다. 그러면서 생각했다.

말려들었다고.

대부분의 소심한 사람들이 그렇듯, 정민은 낯가림이 심한 편이었지만 막상 친해지면 끝도 없이 수다를 떠는 타입이었다. 이 나이를 먹고서도 동네 만화책 대여점 회원 카드를 출근길 버스카드 찍듯 하는 정민과, 어려서부터 읽은 만화책을 전부 쌓으면 아파트 몇 층쯤은 우습게 넘길 내가 만났으니 할 얘기는 끝도 없었다. 일했던 카페에선 하루에 한 잔씩 제조 음료를 공짜로 마실 수 있어서 그걸 들고 함께 퇴근했다. 가방에는 더러운 유니폼을 구겨 넣고 달콤한 음료를 쪽쪽 빨며 학교 앞 먹자골목을 걸어 다녔다. 더우면 더운 대로, 추우면 추운 대로 좋았다. 쓰잘머리 없는 얘기로 언성을 높였다가 까르르 웃었다가 하며 하염없이 걸었다. 악마의 열매를 먹게 된다면 뭘 고를지, 나뭇잎 마을 사람들은 어린 나루토에게 왜 그렇게 못되게 굴었는지, 국가연금술사 시험에 합격한다면 어떤 칭호를 붙이고 싶은지. 다 큰 어른들이 주고받기엔 유치하고 황당한 얘기였지만 재미있었다.

그런 유치한 얘기에서 시작해 자격증이며 장학금, 진로에 대한 고민이며 가족 이야기까지 주고받게 되기까지는 얼마 걸리지 않았다. 동갑내기에 전공은 달라도 같은 학교에 다녔고 같은 곳에서 아르바이트를 했으니까. 우리 둘다 학자금 대출을 최대한도까지 받고 있었고, 집에서 용돈을 받기는커녕 다달이 자취방 월세를 낼 수 있는 것만으로도 감지덕지해야 하는 형편이었다. 주머니 사정이 비슷하니 사는 고민도 대강 비슷했다. 인생 왜 이리 고달프냐, 어디에서 돈벼락 안 떨어지나. 다 늙은 노인들처럼 그런 넋두리를 게두덜거리며 편의점 앞 파라솔에서 캔맥주를 마시고 마지막 남은 오징어 다리를 누가 먹느냐로 다퉜다. 중간고사 기간에는 도서관 열람실 두 자리에 붙어 앉아 밤을 새웠다. 함께 토익 시험을 치러 가기도 했다. 물론 귀여운 고양이들이 있는 만화 카페에도 다녔다.

그러면서 나는 내내 그것을 느끼고 있었다. 그것, 그러니까 그것. 뭐라고 설명해야 할지 모르겠지만 그것. 단순히 뭉뚱그리자면 연애의 예감이랄까, 하지만 그런 단순한 것과는 달랐다. 이 사람과 서로 사랑하게 되리라는 짐작이야 그 이후에도 여러 번 겪었지만 그중 무엇도 이것과 같은 것은 아니었다. 평생을 통틀어 딱 한 번만 할 수 있는 그런 연애. 지금 이 나이에만, 지금 이 사람하고만 가능한 그 무언가가 곧 시작되리라는 예감. 그때까지 연애 경험은커녕 짝사랑조차 해보지 않은 나였지만 이상하게도 이것만은 마음 깊이 알 수 있었다. 평생 잊지 못할 뭔가를 얻게 되리라는 것을.

그러니까 나는 말하자면 미래를 예지한 셈이다. 평생 딱 한 번이라는 것은 그것이 언젠가는 완결되어 경험으로 남게 될 것을 전제하고 있으니까. 결말은 올 것이며, 그것이 끝나고 나면 나는 앞으로 남은 생애 내내 그것을 추억하며 살아갈 것이다. 시간이 흐르면 그 추억도 조금씩 부서질 것이다. 파티가 끝난 자리에 남은 반짝이 가루처럼 때로는 거추장스럽고 뜬금없게도 느껴질 것이다.

물론 그때는 그걸 몰랐지만.

여름이 끝나갈 무렵이었다. 아르바이트가 끝난 뒤 땀에 젖은 옷을 갈아입고 나왔는데 정민이 문 앞에 서 있었다. 어쩐지 평소와 다른 기색에 뭐야? 하고 물었더니 품에 안고 있던 만화책을 건네주었다. 《영원의 소녀》 신간이었다. 어어, 신간 나왔어! 외치며 무심코 펼치려는데 정민이 가로막았다. 안에 편지 있어. 그러고는 부리나케 가버렸다. 집에 돌아와서 만화책을 펼쳤다. 책갈피에 정갈하게 접은 A4 용지가 한 장 끼워져 있었다. 열어보니 작고 꼬불거리는 볼펜 글씨가 한 장 가득 쓰여 있었다.

그 자리에서 몇 번을 읽었고 그 후에도 여러 번 꺼내 읽었으나 이상하게도 지금 그 내용은 거의 기억나지 않는다. 오히려 읽을 때는 별로 눈여겨보지 않았던 것들, 종이 아래쯤에 잉크에 물든 절반짜리 지문 자국이 묻어 있었던 것이나 중간에 펜이 나오지 않았는지 글씨 자국만 남은 자리 위에 여러 번 다시 쓰려고 했던 글자 따위만은 선명하게 떠오른다. 아마 편지를 다시 읽을 때마다 앞부분은 멋대로 건너뛰고 마지막 문장만을 두고두고 곱씹으며 읽었던 탓이 아닐까. 그 편지의 마지막 문장은 아주 힘주어 눌러쓴 글씨로 이렇게 쓰여 있었다.

'내가 내 평생을 걸고, 너에게 영원이 있음을 증명해 보일게.'

……영원?

물론 나는 무슨 말인지 알고 있었다. 그건 이전에 정민과 했던 《영원의 소녀》와 관련된 이야기였다. 《영원의 소녀》는 뒷골목 소매치기로 살아가던 고아 소녀의 모험 이야기인데, 그 모험의 목표는 '영원'을 찾아서 돌아오는 것이다. 소녀가 사는 나라의 여왕이 누구든 영원한 것을 가져오면 그 대가로 원하는 건 무엇이든 이루게 해주겠다고 했기 때문이었다. 소녀는 가족을 만나겠다는 일념으로 무작정 길을 나서고 거기서 동갑내기 소년 기사를 만나 동행하게 된다. 그들은 사랑인 듯 우정인 듯 애매한 애착 관계를 형성하며 서로 먼저 영원을 차지하려는 모험을 계속해나

간다. 그게 벌써 단행본 기준 30권을 넘어간 참이었다. 내가 초등학생일 때 연재를 시작했으니 벌써 10년도 넘은 작품이건만 주인공 일행은 아직 영원 비슷한 것도 찾지 못하고 있었다. 때문에《영원의 소녀》이야기만 나오면 우리는 피 터지는 갑론을박을 벌이곤 했다. 영원이란 건 뭘까? 형태가 있는 것일까? 영원하다는 건 어떻게 증명할 수 있지? 그때마다 나는 영원이란 건 없다고 주장했다. 영원한 건 있을 수 없다고, 세상에 단 하나 영원한 것이 있다면 영원이 없다는 사실 그 자체뿐이라고. 그러면 정민 역시 지지 않고 맞섰다. 영원한 것이 없다면 이 세상은 얼마나 팍팍하겠느냐고. 영원이 없어도 있다고 믿고 사는 것이 영원이라고. 그러다가도 그래서 영원한 게 뭔데? 가져와봐! 내가 우기면 정민은 그때마다 입을 다물어버렸다. 거봐라, 없지. 나는 의기양양했고 정민은 금세 다른 화제를 꺼내 이야기를 돌리곤 했다.

그때마다 정민은 이걸 생각했을까. 영원한 게 여기 있노라고, 자신의 사랑이 바로 그 영원한 것이라고, 언젠가 증명해 보이고 말리라고. 그렇게 생각하자 갑자기 심장이 두근두근, 미친 듯이 뛰기 시작했다. 나는 편지의 마지막 문장을 천천히 입속으로 굴렸다. 영원이 있음을 증명해 보이겠다, 평생을 걸고.

　그때 나는 무심코 설득되고 말았다. 어쩌면 이게 영원을 증명하는 단 하나의 방법이 아닐까. 누군가 자신이 평생 영원한 감정을 가졌다고 주장한다면, 그리고 그것이 그가 죽어 세상에서 사라지는 그 순간까지 영원하다면. 적어도 그 사람에게 있어 그건 영원이라고 할 수 있지 않을까. 영원. 그전까지 한 번도 진지하게 생각해본 적 없는 말이었다. 나는 휴대전화로 포털 사이트의 국어사전 탭에 접속해 '영원'을 검색했다. 그 첫 번째 의미는 이랬다. '어떤 상태가 끝없이 이어짐. 또는 시간을 초월하여 변하지 아니함.' 나는 휴대전화 화면을 빤히 들여다보다 정민에게 문자를 보냈다.

　좋아, 증명해봐.

　기다리고 있었다는 듯 답장은 즉시 도착했다.

　그럴게.

　그러니까 그렇게 시작된 거였다. 그렇게 시작됐기 때문에 이 모든 것이 그 오랜 세월 동안 의미가 있었던 거다. 물론 영원을 운운하지 않았어도 우리는 자연스럽게 연애를 하게 됐을 거였다. 그랬다면, 연애의 끝이 대부분 그렇듯 울고불고 서로 죽이네 살리네 하면서 꿈에서라도 다시 마주치지 말자고 저주를 퍼부으며 헤어졌을 것이다. 그리고 정말로 다시는 마주치지 않았을 것이다. 전혀 다른 곳에서 치열하게 각자의 삶을 살다가 아주 많은 시간이 지난 뒤에야 문득 한 번쯤 떠올렸겠지. 어딘가에서 행복하게 살고 있기를 잠깐 바랐다가 금세 도로 잊었겠지.

그러나 그러지 못했다.

약속한 것이 있었기 때문에.

호수 가장자리까지 와서야 나나 생각이 났다. 겨우내 살아남았을까. 나의 검고 예쁜 고양이, 나나는 이미 나이 들 대로 들어 장난감에도 간식에도 시큰둥한 노묘였으므로 아마 버티지 못했을 것이다. 그래도 혹시 몰라 생전에 살던 집을 향해 너울너울 흘러갔다. 집 앞에 다다라서야 문이 잠겨 있는 것을 보고 아차, 열쇠를 어디에 뒀더라 생각했지만 쓸데없는 걱정이었다. 지나가야지, 하고 마음먹고 문에 기대듯 몸을 붙이자 마른 스펀지에 물방울이 쑤웃 하고 흡수되듯이 내 몸은 문을 통과해 현관에 서서 일렁이고 있었으니까. 그렇게 들어오자마자 예상치 못한 광경에 잠깐 멍해졌다. 방은 텅 비어 있었다. 내 물건들은 어디로 갔는지 싹 사라졌고 물론 나나도 없었다. 나나뿐만 아니라 나나의 밥그릇이며 조금 남아 있던 사료들, 캣타워까지도 전부 감쪽같이 치워져 있었다. 이것들을 다 누가 치웠을까. 내게는 현재 이렇다 할 가족이 없으니 그것들을 누군가가 나서서 정리하거나 인계받지는 않았을 거였다. 그렇다면 집주인일까.

아니면 혹시, 정민이 가져갔을까.

거기에 생각이 미치자 흐릿하던 내 형체는 순식간에 반짝 또렷해졌다. 정민일 것이다. 내가 호수의 검은 물밑에서 나부끼는 동안, 여기에 정민이 왔다 간 게 틀림없었다. 꼼꼼하고 치밀한 성격인 정민이 이 집을 이렇게 깨끗이 비웠을 것이다. 그토록 예뻐했던 나나를 데려가며 나나의 물건들도 가져갔을 것이다. 내가 죽은 것은 1월의 어느 날이었고 지금은 아마 4, 5월쯤 된 것 같으니 그사이에 누군가에게 들었을지도 모른다. 누가 전했을까. 나는 생전에 알던 사람들의 얼굴을 하나하나 떠올리려 애썼지만 잘 되지 않았다. 애초에 정민과 함께 아는 사람이란 그때 카페 아르바이트를 하던 이들뿐이었고 그중 지금까지도 연락을 주고받는 사람은 없었으니까.

그래도 정민이다. 정민일 수밖에 없었다. 정민이라면 언제 어디에서라도 감각했을 것이다. 내가 죽었음을, 더 이상 영원을 입증할 방법은 없음을. 자고 있었다면 퍼뜩 깨어났을 것이고 뭔가를 먹고 있었다면 삼키지 못했을 것이다. 번개 치듯 떠오른 그 직감을 사실이 아닌 것으로 밝혀내기 위해, 어떻게든 주소를 수소문해 호숫가의 이 집을 향해 차를 몰아왔을 것이다.

그러나 그랬다면, 왜 겨우내 아무도 나의 시신을 찾지 않았을까.

나는 텅 빈 방 안을 맴맴 돌며 생각했다. 방에 남아 있는 모든 것을 유심히 바라보면서. 봄인데도 방에 냉기가 싸하고 천장 구석에는 거미줄이 쳐진 걸 보면 이곳엔 아무도 오지 않은 지 꽤 된 것 같았다. 그러나 싱크대는 반짝반짝 닦여 있었고 옷장 속도 말끔했다. 창틀 틈새에도 먼지 한 톨 없었다. 나와 아무런 연관이 없는 사람이라면 이렇게까지 이곳을 쓸고 닦았을까. 함께하던 시절, 아침마다 창문을 힘껏 열고 걸레를 빨아 오는 것으로 하루를 시작했던 정민을 떠올리며 나는 멋대로 생각을 이어나갔다. 이곳을 정리한 게 정민이라면, 내가 스스로 죽음을 택했음을 정민이 알았다면 그는 어떤 마음이었을까. 안타까웠을까, 분했을까. 아니면 속이 시원했을까. 처음에 그 소식을 듣고 어떤 표정으로 무슨 말을 했을까.

아아, 보고 싶다.

보고 싶구나.

그러면 가면 되지. 나는 원래 그러려고 했던 사람처럼 돌아서서 문을 나갔다.

떠나기 전, 나는 문 앞에 잠시 서서 새삼스럽게 주변을 둘러보았다. 다시는 이곳에 올 일이 없으리라는 것을 알았으므로. 그러고 나서야 꼭 문을 통할 필요는 없었다는 것을 깨닫고 좀 웃었다. 바깥은 여전히 안온한 봄, 집을 둘러싼 푸른 산 어딘가에서 산새 우는 소리가 들렸다. 나비 한마리가 하늘로 날아갔다. 그 자취가 사라질 때까지 바라보다 아주 사라지고 나서야 나도 움직이기 시작했다. 정민이아주 먼 곳에 있다는 것을 알 수 있었다.

나는 움직였다. 선명해졌다 흐려졌다 하면서 너울너울

이동했다. 잡풀 숲을 통과하고 잔돌이 쌓인 국도를 넘어 차도를 비스듬히 가로질렀다. 어떻게 길을 아는 걸까, 생전의 나는 엄청난 길치에 방향치였는데도 지금은 수백 번은 가본 길을 가는 것처럼 아무렇지 않게 어느 한 점을 향하고 있었다. 아니, 내가 가고 있다기보단 그곳에서 나를 끌어당기고 있다고 하는 편이 더 맞을까. 그렇게 생각하자 정말 그런 것도 같았다. 그곳에서 나와 아주 밀접한 연관이 있는 뭔가가, 아니 생전 나의 일부였던 뭔가가 나를 기다리고 있었다. 부르고 있었다. 그건 정민일까. 어쩌면 정민이 아닐지도 모른다. 정민의 육체나 정신이라기보다는 정민이 한 약속 혹은 맹세, 뭐 그런 형태의 무언가에 더 가까울지도. 그렇다면 그건 꼭 나와 관계있는 것만은 아닐 수도 있다. 정민은 꽤 오래전에 다른 여자와 영원하기로 약속을 했으므로, 결혼을 했으니까. 그러니 지금 내가 향하고 있는 곳은 아마 정민과 정민의 아내 그리고 그들의 아이가 함께 머물고 있는 곳일 것이다.

그 집은 어떤 곳일까. 정민은 누구와 어떤 모양으로 살고 있을까.

문득 뒤쪽에서 쏜살같이 달려온 덤프트럭 한 대가 나를

정통으로 꿰뚫고 지나갔다. 그제야 내가 차도 한가운데로 가고 있었다는 것을 알았다. 차가 지나간 서슬에 휘청휘청, 큰 너울에 휘말린 해파리처럼 내 형체는 일렁거렸고 그 순간 나는 기억으로 가득 찬 얇고 투명한 주머니였다. 안에서 거세게 출렁거리는 기억을 어쩌지 못해 나는 잠시 동안 흐려졌다 선명해지기를 되풀이했다. 그러면서 떠올렸다. 정민과 마지막으로 이야기를 나눴던 때를.

그것은 아마도 5, 6년 전의 어느 밤, 그러나 이제 와 생각하면 몇천 년 전의 일만 같은 밤이었다. 그날도 혼자 홀짝홀짝 술을 마시던 중이었고 그러다 무심코 정민이 보고 싶어져서 전화를 걸었다. 그런데 전화를 받은 정민은 내가 무슨 말을 하기도 전에 굉장히 냉정하고 단호한 어조로 대뜸 말했다. 이제 다시는 만나고 싶지 않다고, 연락하지 말아주었으면 좋겠다고. 당황하여 왜냐고 물으니 결혼을 하게 되었다고 했다. 애인이 아이를 가졌다고, 곧 아빠가 된다고도 말했다. 기쁨과 슬픔, 둘 중 무엇도 느낄 수 없는 건조한 목소리였다. 그러고는 잠시 후, 쐐기를 박듯 힘주어 덧붙였다.

그러니까 너도 이제 정신 좀 차려.

그리고 전화를 끊은 것이다.

그러니까 그게 마지막이었다. 정신을 차리라는 말.

물론 그 말의 의미는 이해했다. 이제 이런 구질구질한 관계는 끝낼 때가 되었다는 거지. 어린 시절 누구나 한 번쯤 주고받는 유치한 맹세, 뭐 그런 것에 인생을 낭비하지 말자는 거지. 자기는 이제 정상적이고 산뜻한 세계로 갈 것이니 너는 거기 남든지 떠나든지 알아서 하라는 거지. 아내와 아이를 데리고 새 가정을 꾸릴 거고 그곳에 네 자리는 당연히 없다는 거지. 잘 알아들었다. 그 모든 것을.

하지만 나는 당최 그럴 수가 없었다.

노력해봐야겠다는 생각조차 들지 않았다. 그냥 그것이 불가능한 일이라고 일찍이 깨닫고 있었달까. 갑자기 이 자리에서 5미터쯤 날아올라보라든가 입술을 푸른색으로 바꾸어보라는 요구를 받은 사람처럼 다만 어안이 벙벙했을 뿐 어떻게 해야 그것이 가능한지 짐작도 되지 않았다. 왜일까. 사랑하는 마음이 깊어서일까. 그런 모욕적인 말을 듣고서도 정민을 만나지 않는 삶은 상상도 되지 않을 만큼, 정민을 여전히 사랑하고 있었기 때문일까. 통화가 끊어진 전화기를 매만지며 곰곰 생각했었다.

이미 말했듯이, 내게도 꾸준히 다른 애인들이 있었다. 남자이기도 했고, 여자이기도 했다. 아주 어린 사람도 있었고 아주 나이 든 사람도 있었다. 그중에는 물론 깊이 사랑한 이들이 있었으며 심지어 한둘은 정민보다 훨씬 더 사랑했다고 자부할 수도 있었다. 예를 들면 몇 년 전, 한 게임 회사의 개발자로 일하던 여자와 사귀던 도중 그 여자가 돌연 과로사로 죽어버린 적이 있었고 그때 진지하게 그를 따라 죽으려고 했었다. 물론 실패로 돌아갔지만. 그뿐만 아니다. 그래, 예를 들면 P라는 남자가 있었다. P는 동화책의 삽화를 그리는 사람이었는데 그와는 거의 결혼을 할 뻔했다. 그 남자가 나나와 나를 그린 그림을 신혼집 거실에 걸어두기로 약속했는데. 결국 그가 떠났을 때는 정민과 헤어졌을 때보다 훨씬 견디기 힘들어 머리카락마저 숭덩숭덩 빠졌던 기억이 난다. 하지만 그것은 다른 애인들과도 마찬가지였다. 그들이 제각각의 이유로 나를 떠날 때마다 나는 바닥에 엎어져 세상이 끝난 것처럼 울어대곤 했으니까.

나는 그들, 그러니까 정민을 포함한 이들을 공평하게는 아니어도 사랑했다. 그러므로 생전의 나는 끝내 알아낼 수 없었다. 내가 왜 그토록 정민에게, 그리고 정민이 약속한 영원의 증명에 매달리는지를. 다만 내가 알 수 있었던 사실은 내가 그것이 없으면 살아갈 수 없다는 것뿐이었고 그래서 결국 살아남지 못했다. 그 후로 몇 년을 무의미하게 흘려보내며 고통받다가 어느 날 얼음 아래로 꼴딱 가라앉고 말았다.

그래, 이런 것은 아무도 이해할 수 없겠지.

가늘고 투명한 실로 얼기설기 얽은 직물처럼 펄럭거리며 나는 계속 나아갔다. 마을이 나타나면 마을을 가로질렀고 물을 만나면 물 위를 미끄러졌다. 날이 어두워졌다 다시 밝아지기를 두어 차례, 그러나 모두 맑은 날이었다. 쏟아지는 빛과 공기와 냄새가 신선하고 좋은 그야말로 새봄. 오랜만에 만나기에는 더할 나위 없이 좋은 날이다, 그런 생각을 하며 나는 노래를 흥얼거렸다. 어디로 가고 있는지, 무엇을 보게 될는지는 조금도 알 수 없었고 다만 정민과 가까워지고 있다는 것만을 알 수 있었다.

그리하여 만난 정민은, 잠들어 있었다.

오래되고 작은 아파트, 꼭대기에서 한 층 아랫집이었다. 이곳이다 싶은 생각이 든 순간 멈출 수 없어 엘리베이터도 현관문도 아닌 건물 외벽을 뚫고 들어왔는데 그렇게 하고 보니 별안간 거실 한가운데에 덩그러니 서서 잠든 정민을 내려다보는 모양이 되었다. 정민은 거실 소파에 몸을 꼬부리고 누워 있었다. 눈을 질끈 감고서. 나는 그 얼굴에 얼굴을 가까이 붙이고 가만히 들여다보았다. 정민인가 아닌가 확인하려는 것은 아니었다. 정민이 맞는다는 사실이야 이 장소에 들어온 순간 알 수 있었고 그보다는 내가 정말로 정민을 보고 있는 것이 맞는가를 깨닫는 과정이 필요했다고나 할까. 이윽고 원했던 대로 아주 천천히, 실감했다. 나는 지금 정민과 한 공간에 있다. 제대로 찾아왔다. 내가 여기에 있다. 그러자 기쁨이 순식간에 나를 점령했다. 나는 발끝으로 선 채 온몸을 부르르 떨며 웃었다. 야, 내가 왔어, 하고 들리지 않을 소리를 마음껏 내질렀다. 정민의 얼굴을 손으로 비비고 뜨끈한 머리카락 속에 손가락을 넣어 헤집었다.

정민이 끙, 소리를 내며 얼굴을 찌푸렸다.

식은땀을 흘리고 있었다. 그러고 보니 안색이 썩 좋지 않았다. 원래도 건강해 보이는 얼굴이 아니긴 했지만, 크게 앓았다 나은 것처럼 볼이 쑥 들어갔고 눈 밑은 검게 늘어져 있었다. 그런 얼굴로 눈을 힘주어 감은 정민은 잠든 것이 아니라 뭔가 고통스러운 것을 참아내고 있는 사람 같았다.

뭔가 이상하다는 생각이 든 건 그 얼굴을 한참 바라보다, 정민이 베고 누운 소파 쿠션에 눈길을 주었을 때였다. 희고 둥근 쿠션에 짙은 누런색 얼룩이 크게 물들어 있었다. 뭔가를 엎지른 흔적 같았는데 깔끔한 성격의 정민이 이런 것을 그냥 놔두었다니, 게다가 그걸 베고 잠이 들었다니. 안 본 새 성격이 변했나 생각하다 정민의 머리맡 소파 팔걸이에 냉큼 올라앉아 거실을 둘러보았고 그때야 알아차렸다. 정민에게, 이 집에 무언가 좋지 않은 일이 일어나고 있다는 것을.

가장 먼저 눈에 거슬린 것은 거실 한가운데 놓인 테이블, 정확히는 그 위에 빈틈없이 쌓인 쓰레기들이었다. 벌건 자국이 묻은 즉석밥 용기며 참치캔, 마른안주와 소시지 따위가 들었던 비닐 껍데기가 뜯은 그대로 널브러져 있었고 심지어 그중엔 음식물이 반쯤 들어 말라붙은 것도 있었다. 나 역시도 생전엔 이런 것들에 둘러싸인 채 살고 있었으므로 보기만 해도 알 것 같았다. 이걸 이렇게 내버려든 것은 게을러서가 아니라 무기력해서, 그저 살아 있으려 애쓰는 것만으로도 힘이 들어서 다른 것은 손 하나 까딱할 기운도 없어서라는 걸. 테이블뿐만이 아니었다. 거실 바닥에는 속옷가지며 수건들이 대충 집어 던져진 그대로 쌓여 있었고 뭔가 끈적한 것을 쏟은 위에 먼지와 머리카락이 뭉쳐 있었다. 게다가 소파와 마주 보고 놓인 텔레비전에는 또 무슨 일이 있었던 것인지, 화면 한가운데에 뭔가 굉장히 세게 부딪혔던 듯 가로로 금까지 쩍 나 있었다.

거실과 붙어 있는 주방 쪽도 사정은 마찬가지였다. 싱크대에 산더미처럼 쌓인 지저분한 그릇들이며 가득 차 쓰레기를 토해내고 있는 쓰레기통, 벽에 더께더께 쌓인 온갖 음식 얼룩들. 나는 놀라고 슬픈 마음으로 그것들을 하나하나 살펴보았다. 분명히 이곳은 정민의 집이 맞는데, 여기는 정민의 공간인데 이 모든 것, 먼지 쌓이고 부서지고 지저분한 이것들은 도저히 정민의 것처럼 느껴지지 않았다.

냉장고 문으로 얼굴을 집어넣고 그 안이 텅 비었다는 걸 확인한 후, 문득 잠든 정민을 돌아본 순간이었다. 순식간에 슬프고 참담해져 아, 하고 무심코 소리 내어 말했다. 엉망진창인 거실, 소파 위에 몸을 꼬부리고 잠든 정민의 모습이

기묘하게도 뭐랄까, 어색하지가 않았다. 이곳의 다른 부서지고 더러워진 것들과 똑같았다. 먼지가 쌓이고 때가 탄 채로 아무렇게나 거기 놓여 있다는 사실이.

무슨 일이 있었던 거야.

산산이 부스러진 마음으로, 잠든 정민의 귀에 대고 속삭였다.

정민의 집에 무슨 일이 일어났는지 알게 된 것은 그대로 몇 시간이 흐른 뒤, 정민의 아내가 집에 돌아왔을 때의 일이었다.

물론 어디가 어떻게 생긴 여자일지 지금껏 상상이야 수백 번 해보았으나 실제로는 당연히 처음 보는 사람이었고 그렇다 보니 괜스레 긴장되고 어색하여, 어차피 보이지도 않는 몸이건만 곁눈질로 여자를 살폈다. 현관으로 들어서는 여자는 깜짝 놀랄 만큼 작고 마른 몸집이었다. 아무렇게나 기른 머리를 뒤로 질끈 묶고 챙 넓은 모자를 쓰고 있었는데, 모자챙이며 티셔츠 등판이 물에 담갔다 뺀 것처럼 땀에 푹 젖어 있었고 팔에는 흰 토시까지 끼고 있었다. 꼭 어디 등산이라도 다녀온 것 같은 차림새였다. 가슴에 안은,

제 몸뚱이만큼 커다란 피켓만 없었다면.

여자는 피켓을 거실 구석에 내려놓고 모자와 토시를 벗었다. 그제야 여자의 지친 얼굴이 드러났다. 조그맣고 흰 얼굴, 평소에는 그다지 예쁘다고 할 수는 없겠으나 웃으면 갑자기 확 사랑스러워질 것 같은 그런 얼굴이었다. 뾰족한 턱에 땀에 녹아내린 썬크림이 흰색 국물이 되어 얼룩져 있었고 동그란 눈은 절반쯤 감겨 있었다. 평생 한 번도 크게 떠본 적이 없다는 듯이. 여자는 그 얼굴을 한번 문지르고 그 자리에서 나머지 겉옷을 모두 벗었다. 허리에 벌건 고무줄 자국이 난 속옷 차림이 되어 욕실로 걸어갔다. 소파에 잠든 정민에겐 시선도 주지 않았지만, 나는 피켓에 쓰인 글자를 읽느라 그것을 눈치채지 못했다. 바닥에 닿는 모서리마다 새까맣게 지저분해진 그 피켓에는 짧은 문장만이 적혀 있었다.

유치원 버스에 깔려 살해당한 다섯 살 유진이를 돌려주세요!
별빛유치원 원장 김현진과 버스 운전사 박희철은
내 딸을 당장 살려내라.

빨갛게 쓰인 살해, 라는 두 글자를 나는 오랫동안 바라보았다.

문득 쿵, 하는 둔탁한 소리가 났다. 여자가 들어간 욕실에서 나는 소리였다. 혹시 쓰러지기라도 한 건가, 더럭 겁이 난 순간 같은 소리가 두어 번 더 들려왔다. 샴푸병 같은 것을 바닥에 부딪고 있는 듯했다. 쿵, 쿵, 물소리와 함께 둔탁한 소리가 연달아 몇 번 더 났을 때 소파에서 정민이 부스스 일어났고 그제야 그게 정민을 깨우기 위해 낸 소리라는 것을 알았다.

정민은 몸을 반쯤 일으키고는 잠시 멍해져 있었다. 자기가 지금 어디에 있는지, 왜 여기에 누워 있었는지 전혀 모르겠다는 얼굴이었다. 그러다가 갑자기 고개를 홱 돌려 나를 보았다. 내가 보이나, 싶어 깜짝 놀랐으나 곧 그럴 리가 없다는 것을 알았다. 정민은 내가 아니라 내 투명한 몸 너머의 피켓을 보고 있었다. 정민의 표정은 전혀 변하지 않았다. 나는 정민의 눈을 가만히 마주 보았다. 들리지 않을 말이었지만 입 밖으로도 낼 수 없어 마음속으로만 중얼거렸다. 오랜만인데, 우리 너무 오랜만인데. 그러나 나는 곧 고개를 돌리고 자리에서 조금 비켜났다. 정민의 얼굴은 그토록 무감했는데도, 어쩐지 보지 말아야 할 것을 정면으로 마주 보고 있는 듯한 기분이 들어서였다.

머리에 수건을 감싼 여자가 욕실에서 나왔다. 그게 무슨 신호라도 된 듯, 정민이 벌떡 일어났다. 입고 있던 얇은 반바지를 벗고 긴바지로 갈아입었다. 여자가 주방으로 가서 식탁 위에 놓인 생수를 병째로 들이켜는 동안, 정민은 모자를 쓰고 목에 손수건을 단단히 감았다. 마지막으로 피켓을 집어 들고 서둘러 운동화를 꿰신었다. 현관문이 쾅, 닫힐 때까지도 여자는 정민 쪽을 쳐다보지 않았다. 순간 정민을 따라가볼까 생각했지만 그러지 못했다. 어디로 가는지 알 것 같았으니까. 방금까지 이 여자가 서 있던 곳으로 가는 것이 틀림없었다. 잠시라도 그곳을 비워두면 안 된다는 듯이. 그곳은 지금 창밖 풍경과 마찬가지로 만개한 봄날일 것이다. 그 속에 정민은 저 끔찍한 문장을 끌어안고 서 있으러 가는 거겠지. 이 여자와 마찬가지로 진땀을 뻘뻘 흘리면서, 봄의 뙤약볕에 뒷목을 태우면서.

여자는 피곤한 얼굴로 소파에 주저앉았다. 그러고는 갑자기 생각났다는 듯, 머리에 감은 수건을 풀어 무릎 위에 올려놓았다. 여자의 목덜미 뒤쪽으로 샴푸 거품이 남아 있었다. 젖은 머리에서 물이 뚝뚝 떨어졌지만 여자는 아랑곳없이 알몸인 채로 앉아 있었다. 허공의 어느 한 점을 뚫어지게 바라보면서. 나는 여자를 가만히 마주 보았다. 피로 혹은 분노, 그 어떤 것도 쓰여 있지 않은 얼굴, 정민과 같은 얼굴을 한 여자를.

그러다 문득 나는 고개를 돌렸다. 왜인지 모르겠지만 갑자기 참을 수 없이 부끄럽다는 생각이 들었다. 여긴 내가 있을 곳이 아니었다. 이것은 내가, 저 얼굴을 나눠 갖지 않은 이가 보아도 되는 장면이 아니었다. 거기에 생각이 미치자마자 나는 무심코 현관 쪽으로 휙 나부꼈다. 어디로 가야 할지 모르겠으나 떠나는 게 옳다는 것은 알 수 있었다.

그때 뭔가 툭, 하고 걸리는 느낌이 있었다.

정확히는 내 몸의 어딘가가 나를 따라오지 않은 것에 가까웠다고 할까. 튀어나온 못에 옷자락이 걸린 것처럼 그 공간의 어느 한 점이 나를 꼭 붙잡고 놓지 않았다. 이런 몸이 된 이후로 처음 느끼는 어긋남이었다. 이게 뭐지. 무슨 일이지. 나는 어안이 벙벙한 채로 그 자리에 서서 온몸을 살펴보았다. 내 몸은 이전과 다를 것 없는 투명한 껍질 같은 모습이었고 어디에도 못에 걸려 튀어나온 실오라기는 없

었다. 이상하네, 나는 생각하며 다시 한번, 이번에는 천천
히 집 바깥의 외벽을 향해 움직여보았다. 역시나 똑같았다.
몸속의 한 부분이 갑자기 끝없이 무거워지는 기분, 그것이
나를 그 자리에 고정시켜놓으려 하고 있는 듯한 느낌이 있
었다. 그리고 이번엔 알 수 있었다.

여기 있으라는 거지.

뭐, 어차피 갈 곳도 없긴 했지만. 나는 현관 근처에서 머
뭇거리다 몸을 돌렸다. 여자에게 슬금슬금 다가갔다. 설령
겹쳐진다 해도 큰일은 아니겠으나 왠지 그래야 할 것 같
아, 소파 팔걸이에 엉덩이를 반쯤 얹은 엉거주춤한 자세로
최대한 떨어진 옆자리에 앉았다. 여자는 여전히 허공을 멍
하니 바라보고 있었고 그 옆모습에 대고선,

저기, 이게 다 어떻게 된 일이에요, 정말.

무심코 말을 붙이고 나서야 진짜로 바보 같은 질문을 했
다는 것을 알았고 들리지 않는 것이 다행이라고, 정말 다행
이라고 생각했다.

그날 이후로 두어 달을 더 머물렀으나 그들의 일과는 변
함없었다. 양쪽 다 직장에 출근하거나 사람을 만나는 일은

없었고 점점 새까맣게 말라가는 것을 제외하면 겉보기에도 그저 매일이 같았다. 한쪽이 피켓을 안고 돌아와 옷을 벗고 욕실로 들어가면 자고 있던 다른 한쪽은 부스스 일어나 옷을 갈아입고는 서둘러 집을 떠나는 것. 남은 사람은 허공을 멍하니 바라보고 앉아 있다가 갑자기 생각난 듯 밥을 먹었고 잠을 잤다. 집에 돌아온 쪽이 현관문을 쾅 닫거나 욕실에서 물건을 내리치는 소리를 들을 때까지.

둘은 침대에 눕는 것을 금지당한 사람들처럼 매번 소파에서만 새우잠을 잤다. 이 집에는 침대가 없나 싶었다가, 그 이유를 알게 된 건 침실로 보이는 닫힌 방에 들어가 본 뒤의 일이었다. 부부와 아이가 함께 쓰던 침실인 듯했는데 방 안에는 온갖 물건들이 가득 차 발 디딜 틈도 없었다. 장난감과 옷이 잔뜩 든 박스, 어른 키만 한 높이의 동화책 무더기, 손잡이에 새까맣게 때가 탄 분홍색 킥보드와 캐릭터가 박힌 식기들. 대부분 아이의 물건들이었다. 차곡차곡 쌓인 것, 아무렇게나 내던져진 것 모두 먼지가 뽀얗게 쌓여 있었다. 고통스러운 물건들을 한데 모아 이 방에 가둬두었구나, 그러곤 차마 들어와 볼 엄두를 내지 못했구나. 생각하며 복잡한 마음으로 그것들 사이를 돌아다니다 뒤집어진 채 벽에 기대놓은 액자를 발견했다. 보기도 전부터 가족 사진이겠거니 생각했는데 정말 그랬다. 정민과 정민의 아내와 아이의 사진이었다. 세 사람은 해변에 서서 바다를 등지고 있었다. 활짝 웃으며 무어라 말하고 있는 듯한 정민과 머리에 선글라스를 얹은 정민의 아내, 그리고 장난스러운 표정으로 엄마의 다리 사이에 고개를 내밀고 선 여자아이의 얼굴을 나는 뚫어져라 들여다보았다.

첫딸은 아빠를 많이 닮는다더니 정민의 딸도 그랬다. 특히 조그만 코와 웃을 때 옆으로 쭉 퍼지는 입은 정민의 것을 축소해서 붙여놓은 듯했다. 그러나 눈은 아니었다. 동그란 눈매와 눈썹은 완전히 엄마의 판박이였다. 두 사람을 이토록 골고루 나눠 닮은 아이라니. 그런 아이의 얼굴을 가운데 두고 봐서 그런가, 정민과 그 아내 역시 서로 남매처럼 비슷해 보이는 것도 같았다. 세 사람 모두 같은 표정을, 그러니까 더할 나위 없이 행복한 표정을 하고 있었기 때문일까. 나는 투명한 손가락 끝으로 사진 속 아이의 얼굴을 어루만졌다. 이 아이가 그 죽은 아이구나, 생각하면서. 그렇다면 이 아이도 나처럼 귀신이 되었을까. 어쩐지 그렇지 않을 것만 같았다. 이토록 어리고 죄 없는 인간은 뭔가 더 좋은 것이 되었을 것이다, 이런 원념뿐인 무의미한 존재보다는. 멋대로 그런 짐작을 하며 사진을 바라보다 갑자기 문득, 엉뚱한 생각이 슬며시 들었다.

이 아이가 내 아이였다면 어땠을까.

끔찍한 참변을 겪은 이들을 두고 할 생각이 아니라는 건 알고 있었지만 한번 생각하기 시작하니 멈출 수 없었다. 그러니까 여기 바닷가에, 남편과 함께 다섯 살 난 딸을 데려와 서 있던 이 여자가 나였다면 어땠을까. 양다리 사이에 따뜻하고 말랑말랑한 아이의 머리통을 끼고 서서 카메라를 보고 웃는 이 여자. 못된 상상이었지만 터무니없는 것은 아니었다. 이건 나였을 수도 있었다. 이 아이는 정민의 입과 나의 눈을 반씩 닮았을 수도 있었다. 나는 평소에도 그다지 아이들을 귀여워하는 어른은 아니었지만, 정민과 나의 아이라면 이야기가 좀 달랐을 테지. 잘했을지야 모르겠으나 최선을 다하긴 했을 것이다. 자주 다투고 자주 실패하면서, 그러나 그보다 훨씬 더 즐거워하면서. 그리고 어느 날, 그 아이를 잃었음을 함께 슬퍼할 수 있었다면. 타인으로서는 감히 짐작도 할 수 없는 그 끔찍한 고통을 나눌 수 있는 유일한 존재가 나였다면. 아마 그것은 영원히 나뿐이었을 것이다. 우리가 다른 아이를 갖더라도, 혹은 정민에게 다른 사람이 생기더라도. 그 감정을 나눌 수 있는 사람은 세상에 영원히.

그렇다, 영원.

잠시 잊고 있었던 그 단어를 떠올리자 문득 나는 제자리에서 조금 부풀어 올랐다. 무작정 거실로 흘러나왔다. 정민은 소파에 잠들어 있었다. 내가 처음 이곳에 왔던 날과 거의 똑같은 자세로. 나는 그대로 정민의 목에 휘감겼다. 얼굴을 비비고 끌어안았다. 풀어헤친 머리가 산발이 되도록 문지르고 만지면서 그야말로 미친 악귀처럼 중얼거렸다. 정민아, 보고 싶었어. 오랫동안 미워했고 저주했지만 그래도 사실은 네가 보고 싶었어. 정말로 보고 싶었어.

그때 정민이 번쩍, 눈을 떴다.

깜짝 놀라 뒤로 훅 물러났다. 악몽이라도 꾸게 만들어버린 걸까, 잠이 완전히 깬 얼굴로 몸을 일으키는 정민을 나는 조마조마한 마음으로 바라보았다. 정민은 벽시계를 한번 바라보더니, 앉은 채로 양 무릎 위에 팔꿈치를 받쳤다. 몸을 웅크리고 기도하듯 양손을 모아 얼굴 앞에 갖다 대고는 눈을 감고 한참을 있었다. 이마에 식은땀이 배어 번들거렸다. 고통받고 있구나. 정민은 한참 동안 숨소리도 내지 않고 그 자세로, 다만 무언가를 버텨내고 있었다. 그건 나와는 나눌 수 없는 종류의 고통, 더 정확히는 정민이 나와 나누지 않기로 결정했던 괴로움이겠지.

이런 상황에서조차 그런 생각을 하고 있다니, 정말로 이기적이구나.

그때 머릿속에 불현듯, 어떤 깨달음 하나가 스쳐 지나갔다. 내 이기심에 대한 반성도, 두고 온 생에 대한 아쉬움도 아니었다. 그건 내가 죽은 이후에, 집을 청소하고 나나를 데려간 것은 정민이 아니라는 사실이었다.

그러자 먼 곳에서 온 슬픔이 천천히 나를 감쌌다. 슬픔에 느리게 잠식되며 나는 생각했다. 이 슬픔은 여기 앉아 있는 정민과는 아무런 상관도 없으며, 정민도 이 순간 끔찍한 슬픔을 겪고 있지만 그의 슬픔 역시 나와 그 어떤 관계도 없다는 것을. 그 관계없음을 온몸으로 받아들이며 나는 꼼짝 않고 서서 정민을 바라보았다. 코앞에 있는 정민이 아주 먼 곳에 있는 것처럼 느껴졌다. 평생 한 번도 나와 친밀했던 적이 없는 사람 같았다.

그러던 어느 밤이었다.

정민은 불도 켜지 않은 채 소파에 앉아 있었고 나는 그런 정민의 옆에 웅크려 흐려졌다 선명해졌다 하며 과거의 일들을 떠올리고 있었다. 원래 크게 시간 감각 없이 살아온 탓인지 아니면 귀신이 되며 기억을 보관하는 어떤 부분이 뒤엉키고 꼬인 것인지, 아주 오래전의 기억이 바로 어제 일처럼 선명한 반면 비교적 가까운 때의 어떤 일들은 전생처럼 느껴지기도 했다. 그때 생각하고 있었던 것은 아마도 나와 정민이 카페에서 아르바이트를 하던 시절 그러니까 말하자면 옛날 일이었는데, 정민과 함께 걷던 도중 무슨 가게에 들어가 모자를 하나 산 적이 있었다. 얇은 베이지색 천에 챙이 넓은 모자였다. 모자의 생김새는 기억나는데 도무지 그걸 왜 샀는지, 사서는 어디다 뒀는지가 도통 기억나지 않았다. 이런 몸이 된 이후로 무언가 하나에 꽂히면 그것을 반복하여 되뇌고 곱씹는 습관이 생겨, 혼자 웅크리고 앉아 모자, 모자 하고 되뇌고 있었을 때였다. 정민이 갑자기 자리에서 벌떡 일어섰다.

나는 깜짝 놀라 그쪽으로 휙 고개를 돌렸고 그 순간 정민의 표정에서 알아차렸다. 그가 무엇을 할 작정으로 일어선 것인지를. 알아챌 수밖에 없었다, 나도 그런 표정으로 자리에서 문득 일어선 적이 있었으니까. 물론 그 순간의 나를 내가 보지는 못했지만 분명 나도 저런 얼굴을 하고 있었을 것이 틀림없었다. 한 손에는 빈 머그잔을 쥔 채, 생애 마지막으로 마시는 코코아를 입속으로 굴리면서.

일어선 정민은 한 치의 망설임도 없이 베란다로 나가는 유리문을 힘주어 밀었다. 무엇을 어떻게 해야 하는지도 알지 못한 채 나는 무작정 따라 일어섰다. 베란다로 나가는 정민의 뒤를 바짝 붙어 쫓았다. 맨발로 베란다에 선 정민이 바깥으로 난 창문을 활짝 열었다. 목을 밖으로 쭉 빼고는 아래를 내려다보았다. 날씨나 기온을 가늠해보려는 사람처럼 무표정한 얼굴이었다. 하지만 생각하고 있을 것이다. 이 높이에서 떨어지면 어떻게 될지, 바닥에 닿았을 때 자신이 어떤 모습으로 변해 있을지를. 나는 조마조마한 마음으로 정민의 무심한 옆얼굴을 바라보았다. 난간은 겨우 정민의 허리보다 조금 높았다. 얼마든지 뛰어넘을 수 있는 높이였다.

그 순간, 어떤 생각 하나가 화살처럼 내 머릿속을 꿰뚫고 지나갔다.

정민이 죽으면 나와 같은 것이 된다.

그렇다, 정민의 아이는 모르겠지만 정민은 분명히 될 것이다, 이 귀신인지 원념인지 모를 정체불명의 존재가. 정민은 지은 죄도 많고 이승에 남긴 한도 많으니까 분명히 깔끔하게 없어지지는 못할 것이다. 이곳에서 떨어진다면 필시 머리통이 터지고 온몸이 조각나 흉측한 꼴로 죽게 되겠지만, 뭐 그건 별로 중요한 문제가 아니었다. 어떤 모습으로든 정민은 분명 온전히 떠나지 못할 것이고 나 같은 것이 되어서 나를 만날 것이다. 이 몸이 언제 어떻게 소멸하는지는 몰라도 그때까지는 함께 있을 수 있다. 어쩌면, 영원히.

지금까지 왜 이 생각을 하지 못했는지 알 수가 없었다. 여태 헤맸던 미로의 출구가 갑자기 눈앞에 환히 열린 기분이었다. 나는 정민의 눈앞 허공으로 휙 하고 몸을 솟구쳐 뛰어올랐다. 그 서슬에 정민의 머리카락이 파스스 흩어졌다. 수척한 정민의 이마에 내 이마를 맞대고 속삭였다.

정민아, 뛰어.

그렇게 말해놓고선 잠시 후에야 깨달았다. 내가 뭐라고 말했는지를. 내가 지금 바라고 있는 게 무엇인지를. 물론 정민에겐 들렸을 리 없는 말이겠으나, 그의 꽉 다문 입을 바라보며 나는 잠시 그대로 망연한 채 허공에 나부끼고 있었다. 그야말로 악귀의 모습으로.

그렇다, 솔직히 말하자면 정민이 행복하게 살기를 바란 적은 없었다. 생전에나 죽은 이후에나 단 한순간도 없었다. 더 구체적으로 말하자면 음, 손대는 것마다 꼬이고 잘해보려 한 일마다 망해서 건강도 돈도 적지 않게 잃어가며 적당히 고통받았으면 했달까. 그러니까 포인트는 적당히에 있었다. 적당히 괴로워하다가 어느 날 나를 떠올렸으면 했다. 별다른 노력 없이도 만날 수 있는 편안한 사이, 갑자기 찾아와 아무 이야기나 늘어놓아도 괜찮은 그런 정도의 인연으로. 단지 그걸 바랐을 뿐, 이 정도의 절망 속에 살기를 소망한 적은 없었고 정민이 죽었으면 좋겠다고 생각한 적은 더더욱 없었다.

그러나 한편으로, 지금 이 순간 나는 무엇보다 바라고 있었다. 정민이 죽어주기를. 끔찍하게 이기적이라 해도 좋고 아직도 정신을 못 차린 철부지라고 해도 상관없었다. 정민과 눈을 맞추고 이야기를 나눌 수 있다면 무슨 짓이든 할 수 있을 것 같았다. 그래, 앞으로 함께 있지 못한다고 해도 좋았다. 단 한순간만이라도 같은 공간에 있을 수 있다면. 무슨 일이 있었는지 안다고, 너의 고통을 내가 이해한다고 말하며 위로할 수 있다면.

그런데 그 말이 진짜일까.

나는 정민을 이해한다고 말할 수 있을까.

내가 집 안으로 훌쩍 날아들어간 것은 그 질문의 답을 채 내리기도 전의 일이었다. 무엇을 어째야겠다는 생각조차 없이 정민의 허리에 무작정 휘감겼다. 있는 힘껏 휘감아 붙잡고는 뒤로 잡아끌었다. 조금만 힘을 주어도 내 몸은 쑤욱 하고 정민의 몸을 통과해 허공을 휘저을 뿐이었다. 그래도 필사적으로 반복했다. 이러다 뚝 끊어지겠다 싶을 만큼 길게 늘어져도 보고 온 힘을 다해 짧아져도 보면서 그야말로 젖 먹던 힘까지 짜내 움직였다. 누구에게도 들리지 않을 말을 끊임없이 중얼거리면서. 야, 이러지 마. 이런다고 뭐가 되냐. 산 사람은 살아야지. 두고 봐라, 나아질 거야. 영원히 괴롭진 않아. 뭐든지, 즐거움도 괴로움도 영원하진 않아.

그러니까 얼마나 다행이냐.

무심코 그렇게 말한 순간, 가슴속 어디쯤에 뭔가 툭 하고 걸리는 것이 있었다.

그것을 신경 쓸 새도 없이 그저 정민을 집 안으로 밀고 끄는 일에만 집중하고 있었을 때였다. 손아귀에 잡히는 대로 붙잡고 엉겨 붙기를 정신없이 반복하는데 그러다 문득 보니 내 손이 무언가 좀, 이상해 보였다. 움켜잡은 정민의 허리께며 그 주변을 둘러싼 공기 중으로 아주 느릿느릿, 물에 떨어뜨린 끈적한 시럽 덩어리처럼 손이 끝부분부터 녹아 퍼지고 있는 것 같았달까. 으액, 하며 손을 거둬들여 살폈다. 원래도 투명했던 양손은 틀림없이 그 경계선이 더더욱 흐려져 사라지고 있었고 그게 손뿐만이 아니라 내 몸 전체에 일어나고 있는 일이라는 것을 금세 알았다.

그렇다, 사라지는구나.

사라질 때 사라지더라도. 나는 힘주어 정민의 허리를 다시 끌어안았다. 마지막 힘을 다해 눌어붙어 집 안쪽으로 잡아당겼다. 물론 아무 효용도 없는 일이었으나 그때, 반갑게도 정민이 고개를 들었다. 여전히 얼굴에는 아무 표정도 없었다. 그러나 그 머릿속에서 일어나는 수천 가지의 가정과 후회, 그리고 끝 간 데 없는 괴로움을 나는 알 수 있었다. 사라져가는 몸, 텅 빈 껍데기의 모습으로 정민의 허리에 휘감긴 채 그 괴로움을 함께 감각했다. 정민은 깊이 숨을 들이마셨다. 잠시 멈추었다가 이윽고 도로 길게 내쉬었다. 그것을 몇 번 반복하다가, 정민은 결국 돌아섰다. 표정 없는 얼굴로 베란다 창문을 닫고 나서는 닫힌 창문 앞에 잠시 서 있었다.

맞아, 언젠가는 모든 것이 끝나.

내가 말한 것인지, 정민이 말한 것인지 알 수 없었다. 정민은 천천히 소파로 걸어갔다. 항상 눕는 그 자세로 웅크리고는 눈을 감았다. 꾹 다문 입술이 파르르 떨리고 있었다. 나는 이미 작게 일렁이는 덩어리 같은 것이 되어 정민의 발목 근처, 빈 곳에 머물렀다. 차가운 물속으로 가라앉을 때와는 또 다른, 가뿐하고 산뜻한 느낌이었다. 눈을 감은 채로 그 기분을 음미했다. 끝 간 데 없도록 높이 띄운 연의 줄이 풀려 나가는 모양으로, 내 안에 들어 있던 생각과 기억이 차례차례 역재생되며 스르르 풀어져 사라지는 것을 느끼면서.

그리하여 완전히 사라지기 직전, 내가 본 것은 어느 프랜차이즈 카페의 탈의실 바닥에 떨어진 때 묻은 가방과 그 안에서 튀어나온 만화책 한 권이었다. 벌써 귀퉁이부터 흐려지기 시작한 장면 속에서 나는 그것을 다시 한번 집어 들었다. 《영원의 소녀》. 그러고 보니 이 이야기는 어떻게 끝났을까. 그들의 마지막 모험에서는 무슨 일이 있었을까. 그들은 영원을 찾았을까. 이제 와서 궁금해해봐야 소용없는 일이었지만 나는 왠지 알 수 있을 것만 같았다.

어느새 잠든 것인지 그저 눈을 감고 있는 것인지, 정민은 고른 숨소리를 내고 있었다. 그 숨소리에 맞추어 나는 조용히 속삭였다.

거봐, 내가 옳았지.

그리고 나는 슬쩍 미소 지었다.

이 세계의 개발자

게임의 모든 요소를 빠짐없이 즐기고 난 뒤 유저는 무엇을 할까.

세 가지로 나눠볼 수 있을 것이다. 우선 미련 없이 게임을 그만두고 새로운 게임으로 떠나버리는 유저. 대다수가 이 부류에 속한다. 우리가 다른 즐길 거리를 끊임없이 업데이트해야 하는 이유이기도 하다. 재미있고, 새롭고, 이왕에 현금을 꽉꽉 써야 하는 종류의 콘텐츠라면 더 좋겠지. 그리고 두 번째로 서브 콘텐츠에 눈을 돌리는 유저가 있다. 하잘것없는 아이템을 수집한다든가, 칭호를 모은다든가, 일정 던전을 가장 빠른 속도로 클리어하는 일명 타임어택에 집착한다든가. 개발자 입장에서는 고마운 이들이 아닐 수 없다.

그리고 세 번째로, 아주 적은 부류이지만 분명히 있다. 게임을 뜯어보려는 사람들이. 게임 프로그램에 대한 것을 얘기하는 게 아니다. 이들은 게임 속 세계를 뜯는다. 조각내고 분해해서 어떻게든 틈새를 찾아내려 한다. 가지 못하도록 막아놓은 곳에 들어가는 방법을 찾아내고, 특정 행동을 수천수만 번 반복하면 어떤 일이 일어나는지 조사한다. 숨겨진 방은 없는가? 이스터에그는? 이 NPC는 여기 왜 있지?

그들의 그러한 집착에는 한 가지 전제 조건이 붙어 있다. 게임 속에 존재하는 모든 것에는 크든 작든, 저마다 존재하는 의미가 있다. 그렇다. 게임에 이유 없이 들어간 요소는 없다. 이것은 개발자의 시선으로 게임을 바라보는 것, 그러므로 창조주의 시선으로 세계를 바라보는 방식이기도 하다. 이것을 만든 사람은 왜 이렇게 했을까. 그 '왜'의 해답은 분명히 이 세계에 존재한다.

내가 죽어 귀신의 몸으로 일어났을 때, 나는 그 해답을 찾아야겠다고 생각했다.

나는 왜 이런 것이 되었을까. 이것은 누구의 어떤 의도일까.

분명히 이유가 있을 것이다.

특별히 아픈 곳은 없었다. 물론 커피를 많이 마시고 담배를 많이 피우고 잠을 적게 잔다는, 지극히 현대인다운 문제들이 있긴 했지만 별다른 건 아니었다. 그냥 위에는 궤양약간, 식도에는 염증 조금, 아 물론 항문에도 말하기 민망한 문제가 있긴 했구나. 하지만 그 정도는 다들 가지고 사니까. 사람이 그런 것으로 죽지는 않으니까. 하지만 어쨌든 죽었고, 죽자마자 그 자리에서 부활했다. 사람도 무엇도 아닌 이상한 것이 되어서.

게임 만드는 일을 한다고 해서 게임과 현실을 혼동하고 살지는 않는다. 오히려 게임과 현실이 얼마나 다른지를 가장 잘 아는 게이머가 바로 게임 개발자들일 것이다. 게임은 공정하고 현명하게 설계된다. 우리 회사가 주로 만들던 RPG게임 같은 것은 특히 그렇다. 돈을 들이면 들인 만큼, 시간을 쏟으면 쏟은 만큼의 보상을 얻게 되어 있다. 더 설명할 필요도 없이 현실과는 전혀 다르다. 아니, 오히려 현실과 다르게 만들도록 애쓰고 있다. 현실과 게임이 같다면 아무도 게임을 하려고 하지 않을 테니까.

그러므로 내가 죽어서 이런 것이 되었을 때 얼마나 놀랐을지는 짐작할 수 있을 것이다. 죽었다는 사실, 그것도 사무실 내 책상에 앉은 채 갑자기 앞으로 푹 고꾸라져 그대로 숨이 끊어졌다는 사실보다 더 놀란 것이 그거였다. 이걸 생이라고 부를 수 있을지 모르겠으나 어쨌든 육신의 죽음이 끝이 아니라는 것. 아직도 보고 듣고 말하고 움직일 수 있다는 것, 마치 게임 캐릭터가 죽었을 때처럼. 그것이 너무나 놀라워 나도 모르게 말했다.

나 리젠[regeneration]됐어요.

물론 아무도 듣지 못했다. 쿵 소리에 깜짝 놀라 달려온 동료들은 내 어깨를 흔들고 뺨을 때리느라 바빴다. 아니, 왜 이래요! 누군가 외치며 엎어진 내 몸을 일으켰다. 엎어지면서 부딪힌 것인지 원래 그랬던 것인지, 아무튼 머리에 피가 홍건한 채로 눈이 뒤집힌 얼굴이 드러나자 다들 억 비명을 지르며 물러섰다. 다들 다시 손댈 생각도 못 하고 한 발짝 떨어져서 오렌지님! 오렌지님! 하고 외치며 발만 동동 굴렀다. 이 와중에도 닉네임을 부르는 게 좀 우스꽝스러웠다. 우리 회사는 실명이나 직급 대신 닉네임을 부르고 있었고 물론 서로의 이름과 나이를 알고는 있었지만 언급하는 것은 금지였다. 아무리 그래도 그렇지 사람이 죽었는데 말이야, 아무튼 죽은 채로 오렌지님 오렌지님 하고 불리고 있는 것조차 게임 속 한 장면 같아서 현실감은 없었고 그래 모처럼 사무실에 활기가 돈다, 방금 죽은 사람 치고는 좀 이상한 생각까지 하며 그 광경을 지켜보고 있었다. 앰뷸런스가 오고 구급대원 두 사람이 심정지를 확인한 뒤 시신을 실어 어디론가 가져가는 것까지 보았다. 들것에 실려 아래로 축 늘어진 내 팔목을 보며 생각했다.

과로사겠지.

아무래도 틀림없다. 그 외의 다른 원인은 전혀 짚이는 게 없었으니까. 깔끔한 과로사. 그렇다면 그것은 아마 주말도 없이 반복된 야근 때문일 것이다. 출퇴근 시간이 아까워 탕비실 구석에서 쪽잠을 자고, 회사 샤워실에 놓아둔 개인 물품이 집 욕실의 그것들보다 많은 일상. 그런데 그건 나만 그런 것이 아니었다. 사무실에 있는 모두가 다 똑같은 하루를 보내고 있었다. 비슷한 양의 커피를 마셨고 담배도 같이 피웠고 번갈아 알람을 맞추고 잠을 잤다. 그런데 왜 내가 죽었지. 그것만은 아무리 생각해도 알 수 없어서 약간 억울한 심정이 되었다. 특별히 더 몸이 약했던 걸까. 내가 모르고 살던 지병이 있었던 걸까. 그도 저도 아니면, 그냥 재수가 없었던 건지도 모른다.

물론 내게 죽을 이유가 없다는 것이 내가 꼭 살아야만

했다는 뜻은 아니다. 오히려 사무실 사람들 중에 누군가 하나 죽어야 한다면 그건 바로 나일 것이다. 내겐 부모도 자식도 친구도 반려동물도 없고 있는 거라곤 사귀는지 아닌지 애매한 사이의 여자 애인뿐, 게다가 하루 종일 게임을 만든 주제에 집에 가면 게임을 또 켜는 게임 오타쿠니까. 그러므로 죽었다고 해서 크게 아쉬울 것은 없었다. 죽기 전 꼭 이루고 싶었던 소원이나 한 번만 다시 보고 싶은 얼굴 같은 것, 갚지 못한 은혜나 원한 따위도 없었다. 그런데 나는 이런 것이 되었다.

왜일까.

이것은 누구의 의도일까.

발인 날짜와 장례식장 위치가 적힌 사내 메일이 돌았다. 내 옆자리에서 일하던 제시카, 진짜 이름이 뭐더라 재희 아니면 제희였는데. 아무튼 제시카의 모니터에 그 메일이 띄워진 것을 보았다. 그다지 각별한 사이는 아니었더라도 같은 사무실에서 꽤 오래 동고동락한 사이였던 제시카는 그 메일을 열어놓고 얼굴 앞에 손깍지를 낀 채 한참 있었다. 무슨 생각을 하고 있을까. 어쩌면 자기가 죽을 수도 있었다고 생각할까. 아니면 그냥 피곤한 걸지도 모른다. 우리 모두는 항상 피곤했으니까. 제시카의 어깨 너머로 메일을 읽고 시간과 장소를 파악해두긴 했지만 막상 장례식에는 가지 않았다. 올 사람이라고는 동료들뿐일 텐데 그들은 어차피 사무실에서도 볼 수 있으니까. 꼭 동료들을 보고 싶어서는 아니었고 그냥 집에도, 다른 어디에도 갈 이유가 딱히 없어서 사무실에 머물렀다. 이렇게 지박령이 되는 걸까. 아무도 건드리지 않은 내 자리 근처에 머물며 대신 며칠간 이것저것을 시험해보았다. 게임을 처음 켠 유저처럼, 말하자면 셀프 튜토리얼을 해보았다고나 할까.

우선 이 몸은 어디까지 자유로이 움직일 수 있나. 올라가고 싶다고 생각하면 위로는 천장을 뚫고 구름 위까지도 올라갈 수 있었고 아래로는 바닥을 통과해 땅속으로 들어갈 수 있었다. 가봐야 아무것도 없는 텅 비고 어두운 공간뿐이었으므로 조금 가보다가 돌아왔다. 다음으로는 피로도 테스트. 생전에는 운동이라곤 평생 해본 적 없는 몸이었지만 아무리 뛰고 뛰어도 전혀 지치지 않았다. 물론 잠이 오거나 배가 고프지도 않았다. 어디서 동력을 얻는 것일까. 알 수 없었지만 아무튼 조금 힘을 들이면 가벼운 물건쯤은 움직일 수도 있었고 어딘가에 달라붙을 수도 있었다. 흐음, 그렇다면. 마침 새벽이었고 용역 업체 직원들이 사무실 청소를 하러 들어오기에 그중 한 남자의 어깨를 밟고 올라서 봤다. 아무렇지 않은 듯 그대로 한참 청소기를 돌리던 남자가 문득 으윽, 하는 소리를 내며 어깨를 주물렀다. 아무래도 좋지 않은 영향을 주는 것 같아 잽싸게 떨어졌다. 싫은 사람에게 달라붙으면 저주까진 아니어도 근육통 정도는 선사할 수 있겠군.

하지만 내겐 그러고 싶은 사람조차 없었다.

어느 정도 자유도를 시험해본 뒤엔 사무실을 빠져나갔다. 나 같은 존재가 또 있는지 궁금했다. 우선 사무실이 있는 25층 빌딩을 샅샅이 뒤졌는데 귀신으로 보이는 이는 아무도 만날 수 없었다. 거리로 나갔으나 마찬가지였다. 귀신들은 주로 어디에 모일까. 생전에 주워들은 괴담들을 떠올렸다. 대개 사람이 많은 곳, 시끄러운 곳에 많다는 말을 들은 것 같아 곰곰이 생각하다 가장 가까운 영화관으로 갔다. 아직 상영하는 심야 영화가 있어 사람이 꽤 모여 있었다. 상영관 다섯 개를 천천히 전부 돌아보았다. 아무래도 사람뿐, 귀신은 어디에도 없었다. 뭐야, 이런 세계관인가.

걷는다기보다는 천천히 흘러가는 듯한 모양으로 사무실로 돌아오며 생각했다. 아무래도 비합리적이다. 이상하기 짝이 없다. 이 멋진 세계관에 나는 왜 혼자 존재하고 있는 것일까. 왜 나라는 인간은 죽음으로써 끝나지 않았을까.

죽음으로써 끝난다, 그 말을 떠올리자마자 엄마를 생각했다.

정확히는 엄마의 입술. 얇고 끝이 내려간, 항상 말라붙어 있던 엄마의 입술과 그 입술이 달싹거리며 외우던 사도신경의 마지막 문장. '죄의 용서와 육신의 부활을 믿으며 영원한 삶을 믿나이다.' 그건 엄마가 그나마 또렷하게 발음할 수 있었던 몇 안 되는 말 중 하나였다. 다 까라진 엄마의 목소리가 특히나 용서, 부활, 그리고 영원한 삶이라는 단어들을 발음할 때 얼마나 단단해졌는지. 폐암으로 3년을 투병했던 엄마는 죽기 두 달 전 갑자기 천주교인이 되었다. 병실로 신부를 불러달라고 하여 세례를 받기까지 했다. 나는 별로 내키지 않았지만 어쨌든 엄마가 해달라는 것을 해주었다. 성경책과 묵주를 사다 주었고 침대맡에 앉아 온갖 종류의 기도문들을 외우도록 도왔다. 그러면 엄마는 기뻐했다. 그 기도문처럼 죽은 뒤에도 영원히 부활할 사람이 된 듯이. 하지만 나는 엄마가 죽을 것을 알고 있었고 부활은 없다는 것도 알고 있었다.

이게 신이 약속한 그 영원한 삶일까.

그렇다면 그것은 죽고 싶지 않았던 사람에게 주어져야 옳은 이치일 것이다. 예를 들면 엄마 같은 사람에게. 엄마는 정말로, 진심으로 죽고 싶지 않아 했다. 아이러니하게도 나는 엄마의 죽음이 그 때문이라고 생각하고 있지만. 평생 담배 연기에도, 음식의 연기에도 찌들지 않은 엄마의 폐에 암이 생긴 건 분명 선향 때문일 것이다. 죽음을 피하게 해 달라고 빌며 피웠던 무수한 선향들 말이다.

매캐한 연기는 내가 초등학생일 때부터 온 집 안을 메우고 있었다. 그 사고가 일어난 뒤의 일이었다. 엄마와 아빠가 건물 공사 현장 근처를 지나던 도중, 위에서 일하고 있던 인부가 망치를 놓쳤던 일. 망치는 아빠의 머리를 직격했고 아빠는 그 자리에서 즉사했다. 엄마의 말에 따르면 악소리 한번 내지 못하고 그대로 푹 쓰러졌다고 했다. 장을 봐서 돌아오는 길이었으므로 둘은 식료품이 잔뜩 든 장바구니를 양쪽으로 나눠 든 채로 걷고 있었다. 엄마는 왼쪽에, 아빠는 오른쪽에.

시작은 장례를 치른 직후, 그러나 지난한 보상금 다툼은 아직 시작도 되지 않았던 어느 날이었다. 엄마가 어디선가 커다란 초록색 항아리 하나를 안고 돌아왔다. 그러고는 입으로 중얼중얼 뭐라고 주문을 외우면서 그 안에 든 물을 온 집에 뿌렸다. 침대에도 뿌리고 옷장 속에도 뿌리고 텔레비전과 밥솥에도 뿌렸다. 무얼 하는 거냐고 물으니 정화, 하고 대답했다. 집에 액운이 끼었어. 이걸로 씻어내야 해. 나중에 항아리 바닥에 조금 남은 물을 손끝으로 찍어 살펴보니 그냥 조금 짭짤했을 뿐 맹물이었다. 이걸로 무슨 액운을 어떻게 정화한다는 건지 알 수 없었고 그 항아리가 천만 원이 넘는 물건이라는 사실을 알았을 때는 더더욱 의문스러운 심정이 되었다.

처음에는 그 액운이라는 것이 단순히 아빠의 불운한 죽음을 말하는 것이려니 생각했다. 그것만은 다시 생각해보아도 재수가 없었다는 것 외에는 설명할 길이 없는 일이었으니까. 그게 정말 불행이란 것이고 우리 집 어딘가에 분명하게 존재한다면 없애고 싶은 것이 당연했다. 어디서 알아오는 것인지, 온갖 기묘한 종교들을 바꿔가며 믿는 엄마가 온 집을 뿌연 선향 연기로 메우고 벽에 붙인 징그러운 그

림들에 하루에 세 번씩 절을 해도 그러려니 했던 건 그 때문이었다.

엄마가 정확히 무엇을 두려워하는지 알게 된 건 중학생이 된 이후의 일이었다. 어느 여름날, 평소처럼 학교에서 돌아와 현관문을 열었을 때였다. 얼굴에 뜨끈하고 끈적한 피비린내가 확 끼쳤다. 깜짝 놀라 집에 들어가 보니 엄마가 거실에 옷을 홀랑 벗은 채 사지를 쭉 뻗고 누워 있었다. 피가 담긴 양동이에 들어갔다 나온 듯, 엄마의 온몸에 시뻘건 피가 칠갑이 되어 있었다. 내 기억은 그 피 웅덩이 속에서 벌떡 일어난 엄마가 나를 보며 왔니, 하고 말한 직후까지만 있다.

정신을 차려 보니 내 얼굴이며 교복도 피범벅이었다. 이게 다 뭐냐고 따질 기운도 없어 멍하니 올려다보고 있자니 엄마가 중얼거렸다. 개 피랑 닭 피를 섞은 거야. 이래야 죽지 않는대. 있잖아, 살이라는 게 있대. 원래 그게 나한테 있던 거라, 내가 죽었어야 했는데 니 아빠가 그 살을 대신 맞은 거라잖니. 근데 이번에는 정말로 나야. 그게 그렇게 된대. 근데 너도 엄마가 죽길 바라진 않지, 그렇지? 엄마까지 죽으면 너는 어떻게 살겠니. 예진아, 엄마는 정말 죽기 싫다. 죽기 싫어.

그렇게 말하는 엄마의 얼굴은 피가 말라붙어 고동색 가면을 쓴 것 같았다. 그 가운데 흰자위가 유독 새하얀 눈만이 반짝반짝 빛나고 있었다. 꼭 가짜로 만들어 박아놓은 물건처럼. 그 눈을 바라보며, 누운 채로 멍하니 생각했다. 죽고 싶은 사람이 어디 있어.

그때 마음 한구석에서 누군가 작게 대답했다.

있어, 나.

엄마가 죽고 싶지 않다며 몸부림치는 그 긴긴 세월 동안 나는 무엇을 했느냐 하면, 게임을 했다.

학교가 끝나도 집으로 가기는 싫었는데 그렇다고 번듯한 곳에서 시간을 죽일 돈은 없었으므로 피시방에 갔다. 집 안에 꽉 찬 선향 냄새보단 피시방의 자욱한 담배 연기가 나았고 엄마와 둘이 앉아 식사를 하느니 컴퓨터 앞에서 7백 원짜리 컵라면을 먹는 게 좋았다. 청소년은 밤 10시까지만 머무를 수 있으니 9시 55분에 휴대전화 알람을 맞춰두고 그때까지 게임을 했다. 모든 것을 잊어버리고.

내가 좋아한 게임은 주로 RPG게임들이었다. 게임 속 세계에서 내가 정한 캐릭터로 직업을 얻고 돈을 벌고 레벨을 올리는 게임들. 그중에서 가장 좋아한 것은 〈월드 오브 에브리띵〉이라는 게임이었는데, 중학생 시절에 시작하여 대학을 졸업할 때까지도 했으니 거의 인생을 갈아 넣었다고 말할 수 있을 정도로 열심이었다. 게임에 존재하는 모든 직업을 최고 레벨까지 올렸고 만들어진 모든 콘텐츠를 하나도 빼지 않고 속속들이 씹고 뜯고 맛보았다. 마침 〈월드 오브 에브리띵〉은 아주 섬세한 세계관에 복잡한 설정들을 갖고 있어 나 같은 한량 유저에게 딱 맞는 게임이었다. 기본적으론 몬스터를 사냥해 경험치와 전리품을 모으고 레벨업을 하는 게 주된 목표이긴 했지만 그 외의 다른 즐길 거리가 얼마든지 있었다. 예를 들어 게임 속에서는 낚시를 할 수 있었는데, 총 오백스물세 종류의 물고기를 낚을 수 있었다. 낚시 레벨이나 미끼의 종류는 물론이고 낚시를 하는 시간이 낮인지 밤인지, 또는 날씨가 맑은지 흐린지에 따라서도 잡히는 물고기가 달랐다. 물론 나는 그 모든 종류의 물고기를 전부 한 번씩 잡아보았다. 그러면 이제 그 물고기를 요리할 차례였다. 어떤 재료 아이템과 결합시키느냐에 따라 또 수백 가지의 생선 요리가 만들어졌고 그렇게

만든 아이템을 캐릭터에게 먹여 체력이나 마력을 회복할
수도 있었다. 그 밖에도 재봉, 공예, 화석 발굴 등 할 수 있
는 것은 거의 무한정 있었다.

게임 속에서 나는 자주 죽었다. 높은 곳에서 떨어지기
도 했고 물에 잠긴 채 가만히 있기도 했고 강한 몬스터들
이 모인 던전에 방어구 없이 들어가기도 했다. 공격당하는
캐릭터의 체력 바가 점점 줄어들어 초록색에서 주황색, 주
황색에서 빨간색으로 변하고 끝내 0이 될 때까지 가만히
바라보았다. 죽으면 일정한 비율로 재산과 경험치를 잃었
지만 그 즉시 부활했다. 레벨과 돈을 차고 넘치게 가진 나
의 캐릭터에게 그 정도 손실은 아무것도 아니었고 그러므
로 죽음 자체는 아무 일도 없던 것이 되었다. 멀쩡히 살아
나 다시 마을을 활보할 수 있었다. 낚시를 하고 옷을 짓고
춤을 출 수 있었다. 그걸 보고 싶어서 나는 죽고 또 죽었다.
어떤 날은 하루 종일 죽기만 한 날도 있었다. 그러다가 집
에 돌아가면 엄마가 피워둔 선향의 재가 빨갛게 꼬부라지
고 있었고 그게 참으로 우습고 같잖다고 생각되었다.

그렇게 쉬지 않고 최선을 다해서 게임을 하다가 결국 게
임을 만드는 사람이 되었고 그 일을 너무 사랑해서 과로해

죽었다.

세계를 짓는 일에는 물론 작가며 일러스트레이터며 그들이 만든 것을 배치할 사람과 어디에 어떻게 배치하면 좋을지 정하는 사람 등, 수많은 역할이 필요했지만 내가 되고 싶었던 것은 그런 게 아니었다. 나는 그 모든 것을 내 손 안에 두고 싶었다. 정확히 말하면 세계를 만드는 것에 그치지 않고, 그 만든 것을 꾸준히 오랫동안 지켜보는 사람. 제대로 돌아가는지 확인하고 돌아가지 않는 것이 있으면 그 즉시 그것을 제거할 수 있는 사람. 꽤 오랜 시간이 걸렸지만, 마음먹은 것은 해내야 하는 독한 구석이 있는 터라 결국 되었다. 그것이. 회사를 두어 군데 옮겨다니며 경력과 실력을 쌓다가 작지만 내실 있는 게임 회사에 입사한 뒤엔 한 MMORPG게임을 맡아 개발 기획부터 런칭 및 사후 관리까지 모두 관여했다. 〈월드 오브 에브리띵〉만큼은 아니지만 꽤 괜찮은 게임이었다. 일하다 죽은 것이 전혀 아쉽지 않을 만큼.

그 게임 속에는 장난삼아 숨겨둔 것이 있다. 레벨업을 하며 거치는 작은 마을 중 하나에서, 북쪽으로 끝까지 걸어 마을 경계선의 풀숲으로 들어가면 죽은 지 오래되어 보이는 조그만 토끼 시체 하나가 누워 있다. 그 토끼를 더블클릭하면 화면 귀퉁이에 피로 쓰인 작은 숫자가 뜬다. 그건 유저가 지금까지 게임을 플레이하며 죽은 횟수를 카운트한 것이다. 이 숫자가 무얼 의미하는지 맞히는 유저가 있을까.

물론 진심으로, 없기를 바라며 만들었다.

이것은 무언가의 오류다.

죽은 지 아마도 한 달쯤 지났을 무렵 나는 그렇게 결론 내렸다. 생전에 깊이 생각할 것이 있을 때 으레 그랬듯, 사무실 내 자리에 앉아 회전의자를 빙글빙글 돌리면서. 당연히 모두가 퇴근하고 난 이후였고 이곳엔 나 혼자뿐이었다. 나를 한 사람으로 셀 수 있다면 말이지만.

인간/캐릭터가 태어나는 것은 왜일까. 그야 부모/플레이어가 원했기 때문이다. 물론 부모의 의도 없이 태어나는 아이도 있지만, 탄생에 있어 아버지든 어머니든 적어도 어느 한쪽이 그 만드는 행위를 원했음은 부정할 수 없다. 그럼 태어난 인간/캐릭터는 왜 살아갈까. 그 역시 당연히, 스스로/플레이어가 살아가기를 원하기 때문이다. 살고 싶다는 생각보다 죽고 싶다는 생각이 강한 이들은 실제로 죽는다. 삶이 지질하고 고통스러워도 어쨌든 죽기보단 살기가 나으니 살아 있는 것이다. 게임도 마찬가지다. 게임이 재미없으면 캐릭터는 곧바로 삭제되거나 의미 없는 데이터 조각으로 서버 한구석에 유폐된다.

그렇다면 죽었다가 다시 태어나는 사람/캐릭터는 왜 다시 태어날까.

게임 캐릭터가 부활하는 이유는 명확하다. 개발자가, 그리고 게임의 구조가 그것을 원하기 때문에. 단 한 번의 죽음으로 영영 끝나버리는 게임은 어떤 유저도 잡아둘 수 없다. 다음번에 죽지 않기 위해 레벨을 올리고 장비를 연구하며 이 세계를 더욱더 탐구하게 만들어야 한다. 그게 부활의 원리다.

그렇다면 사람이 다시 태어나는 것도, 누군가가 이것을 원했기 때문이 아닐까.

그건 누굴까.

차근차근 생각해보았다. 내가 죽어서도 세상에 남아 있기를 바라는 사람이 있을까, 있다면 그게 누굴까. 가장 먼저 떠오른 건 애인이었지만 그다지 납득은 가지 않았다. 만난 지 얼마 되지도 않았는 데다, 헤어질 작정으로 좀 거리를 두고 있었던 터였으니까. 연락이 되지 않으면 그러려니 할 것 같았고 나중에 죽었다는 사실이 전해져도 그다지 충격은 받지 않을 것 같았다. 애인 다음으로는 몇 안 되는 친구들을 떠올렸지만 그들은 모두 게임 속에만 존재했다. 직장 동료들은 어떨까. 오늘 팀장이 새 채용 공고를 올리는 것을 보았다. 물론 그게 어떤 지표는 아닐 것이고 당연히 그래야 마땅한 일이겠지만 딱히 이들이 나를 그리워하고 있다는 생각은 들지 않았다. 그리고 가족, 그들은 이미 모두 죽고 없었지.

그렇다면 나 오예진, 오예진은 어땠나. 죽는지도 모르고 갑자기 죽었으니 죽는 순간 살고 싶다고 생각하지도 않았다. 그러나 누군가 그 순간 시간을 멈춰놓고 자아, 죽을래 살래, 하고 물었대도 딱히 내 대답이 살겠다는 쪽이었을지는 확신할 수 없었다. 하물며 죽은 뒤 귀신으로라도 부활하고 싶다는 선택지는 더더욱 내 것이 아니었다.

그러면 내가 남기를 바란 것은 이 모든 사람이 아닌 누군가일까.

혹시 그건 엄마가 말했던 신, 뭐 그런 것일까.

나는 반투명한 턱을 어루만지며 생각에 잠겼다. 모든 죽은 사람이 나처럼 귀신이 되는 게 아니라는 것은 이미 확인한 사실이었다. 지난번 가보았던 영화관은 물론, 그 뒤로도 사람이 붐비는 곳은 물론 종합병원의 중환자 병동이며 장례식장까지 돌아다녔으나 다른 귀신은 하나도 만나지 못했으니까. 누군가의 삶은 그냥 끝나고 누군가의 삶은 끝나지 않는데, 그게 신의 뜻이라면 납득이 가지 않았고 한편으론 나의 자의식 과잉이라는 생각마저 들었다. 게임 개발자 오예진의 삶은 다른 이들의 삶에 비해 전혀 대단하거나 특별하지 않았으므로.

그러니까 이건, 뭔가의 오류다.

신이 있다면, 아마 그것은 엄마가 생전 믿었던 수많은 신과는 좀 다른 종류의 존재일 것이다. 신이 별다른 이유 없이 개인에게 붙어 다니며 액운을 씌우고 저주를 거는 귀찮은 짓을 할 리가 없다. 신은 커다란 이 세계를 설계했고 그것이 자신의 의도에 맞게 잘 돌아가도록 손질하고 돌볼 뿐이리라, 하지만 아무리 대단한 프로그램에도 어딘가엔 허점이 있게 마련이다. 신이 뛰어난 개발자라면 곧 나라는 버그를 잡아낼 것이다. 간단한 디버깅만으로 원래 없었던 것처럼 싹, 사라지게 할 것이다.

자아, 빨리 그 순간이 왔으면.

순전히 제멋대로인 추측이었지만 그렇게 결론 내리고 나니 마음이 편해졌다. 나는 자리에서 훌쩍 일어났다. 생전이었다면 얼음 넣은 커피라도 한 잔 꿀꺽꿀꺽 들이켰을 시간이었다. 커피가 위벽에 닿으며 속이 사르르 쓰려오던 감각, 그건 다시는 느낄 수 없겠지 생각하며 무심코 커피머신 쪽으로 가려던 참이었다.

내 발밑에 죽은 토끼가 있었다.

스스로도 헛것인 주제에 잠시 서서 멍하니 눈을 비볐다. 내가 뭘 보고 있는 거지, 싶었다. 하지만 그게 무엇인지는 본 순간 알았다. 나는 그 앞에 쪼그려 앉았다. 틀림없었다. 그건 내가 마을 북쪽 귀퉁이 풀숲에 숨겨둔 토끼였다. 무심코 토끼를 향해 손을 뻗은 그때, 토끼가 눈을 번쩍 뜨고 말했다.

"틀리지 않았어."

어디서 많이 들어본 듯한 목소리였으나 이것만큼은 끝내 어디서 들었는지 기억해낼 수 없었다. 마치 내가 생전 평생 들었던 모든 목소리를 조금씩 따와 만들어낸 것 같은 목소리랄까, 그리고 그 사실을 자각하자마자 깨달았다. 지금 이것이 누구의 음성인지를.

나는 신, 이 세계의 개발자와 함께 있었다.

"커피를 마시려고 했어?"

신이 물었다.

뭐라고 대답해야 할지 몰라 머뭇거리는데 커피머신 쪽에서 달그락, 소리가 났다. 깜짝 놀라 돌아보니 어느새 커피머신 아래에 낯익은 스테인리스 텀블러가 하나 놓여 있었다. 생전의 내가 사무실에서 쓰던 것이었다. 집어 들자 안에서 얼음이 달그락거리는 소리가 들렸다.

"마셔봐."

시키는 대로 텀블러를 집어 들었다. 분명 몸서리가 쳐지게 차가울 게 틀림없었지만 입술에는 어떤 냉기도 느껴지지 않았다. 무심코 그대로 텀블러를 기울였다가 으악, 소리 내며 뒷걸음질했다. 얼음 섞인 커피가 그대로 내 몸을 통과하며 바닥에 주르륵 쏟아진 탓이었다.

"……안 되네."

바닥에 누운 토끼가 눈을 끔벅였다. 어이가 없어 그쪽을

노려보았으나 어디를 어떻게 노려보아야 되는지조차 알
수 없었고 게다가 그 머쓱한 목소리는 어쩐지 친근함마저
느껴지는 것이 그리고 보면 생전에 같은 상황에서 나도 저
런 말을 자주 했던 것도 같았다. 벼르고 별러서 짠 코드가
작동하지 않을 때, 어디가 문제인지는 모르겠으나 다만 문
제가 있다는 사실만은 확실히 알겠을 때. 아니 그럼 설마
지금 저쪽도 그런 상황에 처해 있다는 걸까.

"커피라도 한잔 마시면서 얘기하면 좋을 텐데, 안타깝
군."

토끼가 아쉬운 듯 입맛을 쩝 다셨다.

"아무튼, 초면에 이렇게 누워 있는 걸 이해해주길 바라.
이럴 수밖에 없으니까."

왜요?

"알다시피 이 토끼는 생전의 네 안에 있던 토끼야. 너는
이 토끼가 살아서 움직이는 모습을 상상해본 적이 없어. 그
러니까 지금도 역시 움직일 수가 없는 거지."

여전히 무슨 말인지 알 수가 없었다. 도대체 이건 뭐지,
지금 무슨 일이 일어나고 있는 거지. 당황스러워 눈알만 굴
리고 서 있는데 토끼가 낄낄 웃었다.

"내가 뭔지 궁금하면, 나를 만져봐."

토끼가 그렇게 말하곤 입을 다물자 사무실 안은 순식간에 조용해졌다. 물론 이전까지도 조용했던 곳이건만 갑작스레 자각한 침묵이 어쩐지 견딜 수 없이 갑갑하게 느껴졌다. 나는 토끼 앞으로 다가가 쪼그려 앉았다. 가까이 다가가서 보니 더욱 확실한 것이 분명 내가 아는 그 토끼였으나 이걸 만지면 무슨 일이 일어날지는 전혀 알 수가 없었다. 하지만 뭐, 이왕 이렇게 된 와중에야. 조심히 손을 뻗어 토끼의 옆구리쯤에 갖다 댔다.

뻣뻣해 보이는 토끼의 털에 손이 닿는 순간, 신이 말했다.

"조심해."

다음 순간, 내 눈앞에 보인 것은 온통 붉은색이었다.

그리고 냄새. 방금까지 살아 있는 것의 몸 안에서 고동치며 흐르던 것의 냄새. 최초의 장면은 보도블록 틈새로 흐르는 빨간색과 그 가운데 누워 있는 남자의 모습이었다. 머리 한쪽이 짓뭉개진 젊디젊은 나의 아빠와 사방으로 점점이 흩어진, 아빠를 이루고 있었던 붉은 덩어리들. 이윽고 그 덩어리들은 하나하나 살아 움직이며 이빨과 부리가 달린 짐승들로 변했다. 저것은 아마도 개, 그리고 이건 닭인가 생각한 참이었다. 어디선가 낯익은 실루엣의 여자가 나타나 그것들을 잡아채 손아귀 사이에서 으꼈다. 터져나오는 끈적한 액체를 과일의 즙처럼 받아 마시던 여자는 조금씩 그 형체가 또렷해졌고 그게 엄마라는 것을 깨달은 순간, 그는 곧 죽을 사람의 모습으로 병상에 누워 있었다. 머리맡에 십자가에 매달린 예수상이 걸려 있었다. 나와 눈이 마주치자 엄마가 입을 벌렸다. 목구멍에서는 더 이상 목소리가 나오지 않았지만 천천히 입을 벙긋거렸다. 이윽고 엄마의 모습은 붉은 덩어리로 서서히 녹아내리기 시작했다. 새빨간 눈으로 만든 눈사람처럼. 나는 공포에 질려 뒷걸음쳤다. 도망쳐야 한다, 하지만 어디로?

도대체 어디로 도망쳐야 죽음을 피할 수 있단 말인가?

그때 누군가 발밑에서 말했다.

"피할 수 없지."

그 순간 시야를 가득 채우던 붉은색이 발밑의 어느 한 점을 향해 쑤웃, 하고 빨려 들어가며 사라졌고 나는 죽은 토끼를 내려다보며 쪼그려 앉아 있었다. 아직 토끼의 몸에 닿아 있는 손을 거두어들이며 나는 거친 숨을 내쉬었다. 덜덜 떨리는 온몸을 양팔로 끌어안고 물었다.

내가 뭘 본 거죠?

"죽음, 생전에 네가 갖고 있던 죽음의 기억들."

토끼는 길게 가로누운 채로 눈만 깜박였다.

"누구나 이런 걸 갖고 있어. 죽음은 인간이 가장 두려워하는 거니까. 아무튼, 인간으로서의 삶은 죽으면 끝이니까 말이야."

말하면서 토끼는 눈을 힘주어 감았다 떴다. 옆얼굴밖에 보이지 않는 탓에 확신할 순 없었지만 분명 윙크를 한 것 같았다.

"그런데 간혹 끝나지 않는 경우가 있단 말이지."

뭔가 묻고 싶었지만, 나는 조용히 다음 말을 기다렸다.

"죽으면 그 즉시 떠나게 되어 있어. 분명히 그렇게 만들어뒀단 말이야. 그런데 가끔 죽었는데도 안 끝나는 경우가 있더라고."

신은 눈을 끔벅끔벅하며 말을 이었다.

"처음에 난 죽고 싶지 않다는 인간의 원념이 기어코 어딘가에서 오류를 유발한 건가 생각했어. 그런데 여러 케이스를 보다 보니까 그게 아닌 걸 알게 됐지. 그래, 예를 들면 네 엄마. 그토록 죽고 싶지 않아서 별별 짓을 다 했었잖아.

그런데 네 엄마는 죽자마자 그대로 끝났어. 반면에 너, 삶에 별 미련이 없다고 믿고 있었던 너는 이런 것이 되어 남아버렸고."

……그래요, 나도 그게 이상하다고 생각했어요.

"너뿐만이 아니야. 죽었는데도 '옮겨지지' 않은 인간들은 모두가 삶에 크게 미련이 없던 이들이었어. 죽고 싶다, 까지는 아니지만 언제 죽어도 아쉽지 않은 그런 생을 살고 있었단 말이지. 그런데 막상 그들이 죽고 나니까 그게 아니더라는 거야."

그게 아니라면?

"죽고 나더니 비로소 자기가 생전에 뭘 하고 싶었던 것인지를 깨닫더라. 그걸 할 수 있는 몸과 시간을 갖고 있을 땐 하지 않던, 심지어 하고 싶은지도 모르던 사람들이. 그리고 이상하게도 어떤 방식으로든 그걸 해내고 나서야 떠났어. 원래 갔어야 했던 곳으로."

……왜죠?

"글쎄, 왜일까."

나른한 목소리, 이미 답을 알고 있는 사람의 말투였다.

"아무래도 내가 세계를 너무 아름답게 만들었나 보지.

아무것도 모르는 채로는 떠나기 싫을 정도로 말야."

나도 모르게 훗, 하는 이상한 소리를 내며 웃어버리고 말았다. 그런 무책임한 대답이 어디 있나. 이게 만약 게임에서 벌어진 일이었다면 저런 물렁한 대답으론 넘어갈 수 없을 거였다. 그러니까 부활의 제단이나 망자의 땅 같은 곳으로 가야 할 죽은 캐릭터가 그 자리에 여전히 멀쩡하게 움직이고 있다면. 그야말로 즉시 온 회사가 뒤집어질 끔찍한 문제일 거였다.

빨리 고쳐야 되지 않아요? 오류가 있는 거라면.

"글쎄, 그건 또 왜일까."

신은 태평하게 말꼬리를 늘였다.

"너도 나름대로 세계를 만드는 일에 열심이었잖아. 그런 적 없어? 네가 만든 것들이 어느 순간부터 네 뜻대로 움직이지 않을 때, 자의를 갖고 스스로 행동하며 자꾸 세계의 룰을 벗어나려고 할 때. 그럴 때 넌 어땠어?"

……로직을 파악해서 빨리 수정하려고 했죠.

"아니, 아니. 행동 말고 기분을 물은 거야. 어떤 기분이었어?"

어떤 기분이었냐니, 당연히 당황하고 놀라서 머릿속이

새하얘졌겠지. 하지만 그런 단순한 질문만은 아닌 것 같다 싶어 쪼그려 앉은 채로 곰곰이 생각했다. 어떤 기분이더라.

그러고 보니 오래전에 실제로 그런 적이 있었다. 유저들이 전혀 예상치 못한 일을 벌였던 적이. 일의 전말은 대강 이랬다. 상대방이 지닌 아이템을 아주 잠시 동안만 그대로 복사해서 사용할 수 있는 '소매치기'라는 스킬을 지닌 캐릭터가 있었는데, 낮은 레벨 구간에서만 간간이 사용되던 스킬이라 만들어놓고서도 잊어버리고 있던 것 중 하나였다. 그런데 어느 날 새벽 마을 광장에서 대학살이 일어났다. 두 명의 유저가 소매치기 스킬로 서로의 폭탄 아이템을 반복해서 복사하며 그것을 터뜨리기 시작한 것이다. 그런 일이 있을까 봐 폭탄은 아이템 가방에 단 한 번만 지닐 수 있도록 설정해두었는데, '소매치기'로 복사한 폭탄에는 그 횟수 제한이 적용되지 않는 버그가 있었다. 덕분에 광장에서 한가롭게 물건을 팔고 채팅을 즐기던 유저들이 속수무책으로 죽어나갔다. 황급히 그 유저들의 계정을 정지시키고 핫픽스hotfix패치를 하긴 했지만 한동안 그 사건 때문에 온 팀원들이 골머리를 앓았다. 다른 아이템에는 버그가 없는지, 비슷한 문제가 또 발생할 가능성은 없는지 살피는 동시에 피해를 입은 유저들에게도 적절한 보상을 해주어야 했으니까.

하지만 그때 기분이 어땠느냐면 글쎄, 생각보다 나쁘지 않았다고 해야 할까.

문제를 일으킨 두 유저는 게임을 오픈하기 전 클로즈 베타부터 시작해 모든 업데이트를 착실하게 따라온 이들이었다. 오랫동안 최상위권에 머물러 있으면서 즐길 수 있는 것들은 모두 즐기고도 계속 게임에 남아 있던 사람들. 이미 낮은 레벨 구간은 지나도 한참 전에 지났을 그들이 '소매치기' 스킬에 주목했다는 것, 폭탄 아이템에 횟수 제한이 풀린 버그가 있다는 것을 알아내기까지 온갖 아이템들을 복사하며 실험을 거쳤다는 게 물론 괘씸하기도 했지만 한편으론 조금 즐거웠다. 내가 만든 것을 저들 나름대로 연구하며 거기서 또 다른 재미를 찾아내 즐겼다는 사실이. 물론 함께 날밤을 새운 팀원들에겐 차마 말로 표현할 수 없는 기분을 느꼈지만 적어도 나는 그랬다.

……당신도 그랬나요.

"넌 어땠는데?"

사랑스러웠어요. 정해놓은 것을 거스르면서 뭔가를 발견하려는 사람들, 이 세계를 더 복잡하고 끈질기게 즐기려는 사람들이 좋고 고마웠어요.

"뭐, 그런 셈이지. 그리고 어차피 시간문제일 뿐이야. 내버려두면 결국엔 소원을 풀고 가야 할 곳으로 가니까. 그걸 지켜보는 게 또 재미있고."

신이 후후 웃었다.

"보고 싶은 사람을 만나고, 가고 싶던 곳에 가고, 하고 싶은 말을 끝내 하고. 아무튼 원하는 건 거의 비슷한데, 거기까지 다다르는 과정이 또 얼마나 다양한지 몰라. 결코 길지 않은 삶을 살면서 어쩜 그렇게들 끈질기게 사랑하고 또 사랑하는지. 맘대로 안 되는데도 어떻게든 저들 원하는 방향으로 끌고 가려고 애쓰는 게 굉장하기도 하고."

그렇게 말하니 조금 납득이 되기도 했으나, 그보다 훨씬 더 씁쓸해져 나는 고개를 숙여버렸다. 사랑이라는 단어를 들으니 자신이 없어진 탓이었다. 내 삶에 그런 게 있었나. 아무래도 없었다. 몇 번을 돌이켜 생각해보아도 없었다. 말만 들으면 인간으로 살면서 한 번쯤은 꼭 탐구해봤어야 했던 어떤 것인 듯한데, 죽어서도 떠나지 못할 만큼 중요한 무언가여야 할 것 같은데, 내겐 그것이 단 한 번도 없던 것만 같았다.

……저는…….

말을 꺼내놓고 머뭇거렸다. 문득 신에게는 내가 전혀 흥미로운 피조물이 아니었겠구나, 하는 생각이 들어서였다.

"아니야, 너는 충분히 잘했어."

무슨 생각을 하는지 다 알고 있다는 듯, 발밑의 토끼가 단호하게 말을 잘랐다.

"말했잖아. 원하는 건 거의 비슷하지만 거기까지 다다르는 길은 다양하다고."

잘 모르겠다고, 내 삶에는 그토록 원하는 게 없었다고 대답하려던 참이었다. 갑자기 마음 한구석에 화악 하고 퍼지는 것이 있었다. 시원한 바람 같기도 하고 뜨거운 술 한 모금 같기도 한 무언가. 살았을 때에도, 죽은 이후에도 한 번도 느껴본 적 없는 낯선 감각에 나는 한동안 멍하니 앉아 있었다.

정말 원하는 것이 없었나 묻는다면 물론 아니었다. 왜 지금까지 이걸 생각하지 못했지 싶을 만큼, 온 마음을 다해 사랑한 것이 내게도 있었다. 다만 그게 타인이 아니라 그보다 훨씬 큰 것이었을 뿐. 그건 당연히 게임을, 그러니까 세계를 만드는 일이었다. 내가 속한 세계에서 더 이상 머물 수 없었을 때 다른 세계를 만들어서 거기로 몸을 피했다. 그 세계를 더 정교하게, 재미있게, 아름답게 만드는 일에 몰두했고 삶을 바쳤다.

그건 알고 있다는 의미였다. 이것이 결코 진짜 세계와 같을 수는 없다는 것을. 그러므로 진짜와 같아지려고, 아니 가능하다면 진짜보다 더 진짜 같아지려고 애썼다. 찾아온 모든 이가 현실 세계에서 발을 떼고 이 세계 속에 살 수 있도록. 그러므로 나는 항상 생각해온 셈이었다. 이 세계를 만든 이는, 세상의 개발자는 어떤 마음으로 이것을 만들었을까. 왜 만들었고 어떻게 구동했을까. 세계의 구성원들은 저마다 어떤 역할을 맡아 움직이고 있을까. 신이 이 세계를 짓고 부순 방법, 그리고 결국 사랑한 방법은 뭐였을까. 그것을 안다면 나도 이 불완전한 세계를 완전한 세계로 만들 수 있을 것 같았다.

그리고 이제 조금은 알 것 같았다. 그 해답은 내버려두는 일, 다만 그것뿐이었다는 사실을. 세계에 일어나는 일들을 한발 물러나서 즐거운 마음으로 바라보는 것. 불완전함 속에서 완전해지려고 안간힘을 쓰는 이들을 다만 애정 어린 눈으로 끝까지 지켜보는 것.

다시 돌아간다면 그렇게 할 수 있을까.

"글쎄, 넌 이제 떠날 거야."

신이 말했다.

정말 그랬다. 쪼그려 앉은 채로 내려다본 나의 양 무릎 윤곽이 끝에서부터 미세한 가루로 조각나며 어느새 조금씩 허물어지고 있었다. 나는 나도 모르게 허공에서 뭔가를 받으려고 기다리는 사람처럼 양손을 모아 붙였다. 생전의 것처럼 손금이며 실주름까지 보였던 손바닥이 이제는 둥글납작하고 뿌연 덩어리처럼 부드럽게 뭉그러져 있었다. 그 사실을 자각하자 어쩐지 몸이 따뜻하고 간지러운 것도 같았다. 마치 내 주변으로 미지근한 물이 차오르는 듯한 기분이었다. 멀리서부터 오는 그 부드러운 물결에 휩쓸리는 모래성처럼 내 몸은 서서히 풀려나갔다. 그러나 어쩐지, 하나도 슬프거나 무섭지 않았다.

나는 발밑에 누운 토끼에게 물었다.

저는 이제 어디로 가죠?

"좋은 곳. 좋은 곳으로 가지."

신은 나른하고 평화로운 목소리로 대답했다. 알고 싶으면 직접 가보라는 듯이.

사랑은 계속될 것을

　사람은 죽어서 무엇이 되며 어디로 갈까.

　아주 어렸을 때부터 궁금했던 것이다. 세상이 너무나 다
채롭고 복잡하고 아름다워서, 한 번 머물다 가기에는 아무
래도 아까운 곳이라서. 그런 의문은 이 세계에 대한 사랑, 그
리고 그 세계를 이루는 사람들에 대한 사랑으로 이어졌다.
사후 세계에 대한 이 긴긴 이야기를 마무리 짓고 난 지금도
답은 알 수 없지만 그렇기에 사랑은 계속될 것을 믿는다.

　같은 의도에서, 내 삶에 기꺼이 포함되어준 감사하고 아
름다운 것들을 이 책에 많이 넣었다. 〈오리배〉에 등장하는
한강의 오리배를 친구들과 즐거이 탔던 기억. 이날 연을 날
렸는데 연은 하늘 끝까지 끝까지 올라가다 결국 줄이 풀어
지며 우리를 떠나고 말았다. 작은 점이 되어 사라지는 연을
보다가 이 긴 이야기의 단초를 처음 떠올리게 되었다. 〈아홉
번의 생〉의 고양이가 살았던 생 중에는 내 소설 세계를 열어

준 황정은 작가님의 〈묘씨생猫氏生〉 가운데 한 장면이 오마주 되어 있으며, 풍성한 무늬벤자민은 아빠에게 선물 받은 것이다. 〈영원의 소녀〉는 한때 내게 영원을 약속했던, 내가 오랫동안 사랑했으나 이제는 사랑하지 않는 옛 사람의 이야기를 모티프로 삼았으며 내 데뷔작 〈빨간 열매〉에 등장하는 P가 카메오로 출연해주기도 했다. 〈이 세계의 개발자〉에 등장하는 게임 '월드 오브 에브리띵'은 이름에서 짐작할 수 있듯, 내 대학 시절을 풍성하고 즐겁게(혹은 처절하게 망하게) 해주었던 게임 '월드 오브 워크래프트'를 베이스로 만들어졌다. 이렇듯 내 삶에서 얻은 황금 모래알을 작품 속에 사르르 뿌려 넣으며 이것이 소설가가 누릴 수 있는 최고의 사치이자 즐거움이 아닐까 생각했을 만큼 재미있었다. 앞으로도 계속 소설을 쓴다면 이런 짓을 하게 되겠지 싶었다.

이 소설을 쓰는 동안 곁에 있어 주었던 모든 이에게 감사한다. 그리고 나를 이야기를 짓는 사람으로 역할지어준, 이 세계의 개발자에게도.

2023년 여름, 이유리

좋은 곳에서 만나요

© 이유리, 2023

초판 1쇄 발행 2023년 7월 12일
초판 4쇄 발행 2024년 9월 27일

지은이 이유리

펴낸곳 (주)안온북스 **펴낸이** 서효인·이정미
출판등록 2021년 1월 5일 제2021-000003호
주소 서울시 마포구 월드컵로14길 28 301호
전화 02-6941-1856(7) **홈페이지** www.anonbooks.net
인스타그램 @anonbooks_publishing
디자인 소요 이경란 **제작** 제이오

ISBN 979-11-92638-17-1 (03810)